FICHES

Spécial BAC

1re

Physique-Chimie

Christian Mariaud
Professeur agrégé de Physique-Chimie

MAGNARD

Sommaire

Constitution et transformation de la matière

ANNEXES

Détermination de la quantité de matière d'un échantillon

FICHE 1

La connaissance de la quantité d'atomes introduits lors d'une réaction chimique ou dans un médicament est primordiale. Les chimistes utilisent pour cela une grandeur : la quantité de matière.

I Quantité de matière et constante d'Avogadro

1. Définition de la mole

- La masse d'une molécule est de l'ordre de 10^{-25} g et les balances actuelles ne peuvent mesurer une masse inférieure à 0,1 mg. Il est donc impossible de peser les molécules ou les atomes un par un.
- On introduit donc une nouvelle grandeur pour dénombrer les entités chimiques : la **quantité de matière** (souvent noté *n*) qui s'exprime en **mole** (symbole **mol**).
- Une mole d'entités correspond au nombre d'atomes qu'il y a dans 12 grammes de carbone 12.

2. Constante d'Avogadro

- Il y a une relation de proportionnalité entre le **nombre d'entités N** (atomes, molécules,…) et la **quantité de matière** *n* : $N = n.N_A$.
- Le coefficient de proportionnalité N_A est appelé **constante d'Avogadro** : $N_A = 6{,}02 \times 10^{23}\ mol^{-1}$. Ce coefficient a été déterminé à partir du carbone 12.

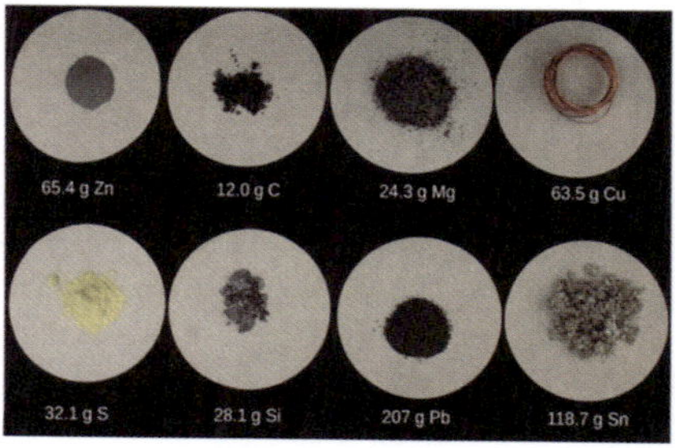

Échantillons d'atomes contenant chacun $6{,}02 \times 10^{23}$ atomes, soit 1,00 mol.

- Les composés n'ayant pas la même masse atomique ou moléculaire, la masse sera différente selon l'échantillon considéré :
  - → 12 g pour une mole d'atomes de carbone ;
  - → 63,5 g pour une mole d'atomes de cuivre ;
  - → 207 g pour une mole d'atomes de plomb.
- Ainsi, en pesant des atomes à l'état solide, on les compte grâce à la détermination de la quantité de matière de l'échantillon.

II Masse molaire d'un atome et d'une molécule

- La **masse molaire d'un élément chimique** est **la masse d'une mole d'atomes de cet élément pris à l'état naturel**. On la note M et on l'exprime en **$g.mol^{-1}$**.

- Certains atomes pris à l'état naturel présentent plusieurs isotopes, il faut tenir compte de leur proportion.

Exemple : L'atome de chlore est constitué de 76,78 % de ^{35}Cl et 24,22 % de ^{37}Cl. La masse molaire du chlore est donc :

$$M(Cl) = 35 \times 0{,}7678 + 37 \times 0{,}2422 = 35{,}5 \text{ g.mol}^{-1}.$$

La **valeur de la masse molaire correspond à peu près au nombre de nucléons** de l'atome considéré : $M(O) = 16$ g.mol^{-1} ; l'oxygène possède 16 nucléons dans son noyau.

- Pour déterminer la **masse molaire d'une molécule**, on fait la **somme des masses atomiques** tout en tenant compte de leur proportion dans la molécule.

III Détermination de la quantité de matière

- Pour les **solides**, il est plus simple de **mesurer leur masse** et d'en déduire alors leur quantité de matière grâce à la relation suivante :

$$n = \frac{m}{M}$$

n : quantité de matière en mol
m : masse du solide en g
M : masse molaire en $g.mol^{-1}$

- Pour les **liquides**, il est plus simple de **mesurer un volume**. La relation entre quantité de matière et volume est donnée par :

$$n = \frac{\rho.V}{M}$$

n : quantité de matière en mol
ρ : masse volumique en $g.mL^{-1}$
V : volume du liquide en mL
M : masse molaire en $g.mol^{-1}$

- Pour les **gaz**, la mesure de leur volume permet d'accéder à la quantité de matière :

$$n = \frac{V}{V_M}$$

n : quantité de matière en mol
V : volume du gaz en L
V_M : volume molaire en $L.mol^{-1}$

- Le volume molaire V_M des gaz dépend de la pression et de la température du gaz considéré :

→ $V_M = 22{,}4$ L.mol^{-1} pour $P = 1{,}013 \times 10^5$ Pa et $T = 0°C$;
→ $V_M = 24{,}5$ L.mol^{-1} pour $P = 1{,}013 \times 10^5$ Pa et $T = 25°C$.

Concentration d'une solution

La préparation de solutions dans le milieu hospitalier et lors de dosage nécessite une grande précision. Une verrerie jaugée permet d'obtenir une meilleure précision que celle graduée.

I Concentration d'une solution

1. Soluté et solvant dans une solution

- Une solution est composée d'un soluté (espèce qui est dissoute) et d'un solvant (espèce qui dissout).
- Un soluté peut être un solide, un liquide (éthanol) ou un gaz (dioxygène dans l'eau).
- Si la solution est suffisamment agitée, on n'observe qu'une seule phase, on dit que la solution est homogène.

2. Concentration en masse d'une solution

- La concentration en masse C_m d'un soluté peut se déterminer ainsi :

$$C_m = \frac{m}{V}$$

m : masse du soluté en g
V : volume de la solution en L (approximé souvent au volume du solvant)
C_m : concentration en masse en g.L^{-1}

3. Concentration en quantité de matière d'une solution

- La concentration en quantité de matière C d'une solution correspond au rapport entre la quantité de matière n de soluté dissout et le volume V de la solution :

$$C = \frac{n}{V}$$

n : quantité de matière en mol
V : volume de la solution en L
C : concentration en quantité de matière du soluté en mol.L^{-1}

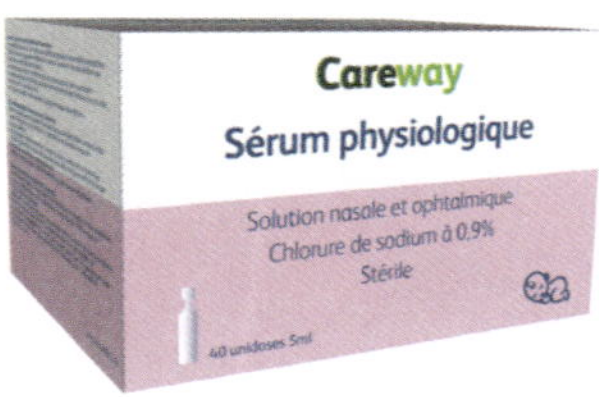

Sérum physiologique à 0,9 %. La concentration du chlorure de sodium est de 9,0 g.L^{-1}.

• La relation entre concentration en masse et en quantité de matière est :

$C = \frac{C_m}{M}$

C : concentration en quantité de matière en $mol.L^{-1}$
C_m : concentration en masse en $g.L^{-1}$
M : masse molaire du soluté en $g.mol^{-1}$

II Préparation d'une solution par dilution ou dissolution

• La solution concentrée **avant dilution** s'appelle la **solution mère**, celle **après dilution** s'appelle la **solution fille**.

• Lors d'une dilution, la concentration diminue, mais la **quantité de matière du soluté ne change pas** :

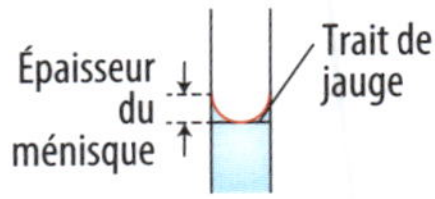

Visualisation et ajustement du ménisque au trait de jauge

$$n = C_{mère}.V_{mère} = C_{fille}.V_{fille}.$$

$C_{mère}$, C_{fille} : concentration en quantité de matière de la solution mère et de la solution fille en $mol.L^{-1}$.
$V_{mère}$ et V_{fille} : volume de la solution mère et de la solution fille en L.

• Le **rapport des concentrations** ou des volumes est appelé **facteur de dilution**. Ce facteur permet ainsi de trouver le rapport des volumes à déterminer entre la fiole et la pipette.

Dissolution	Dilution
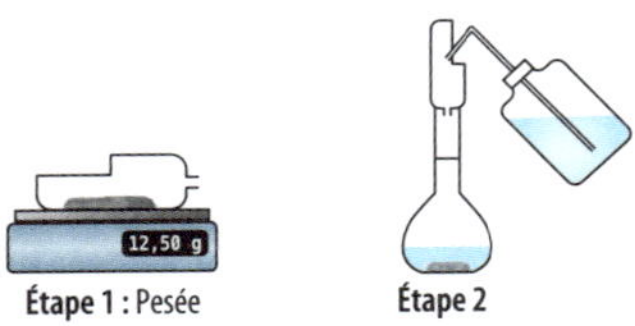	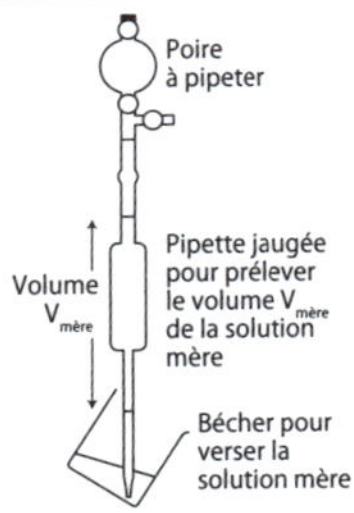
Balance et sabot de pesée Fiole jaugée	Pipette jaugée ou burette graduée Fiole jaugée

• Dans les deux cas, on **agite pour homogénéiser la solution**.

Détermination de la concentration d'une solution par mesure de son absorbance

FICHE 3

Plus une solution colorée est concentrée, plus elle absorbe de la lumière. Cependant, l'œil n'étant pas un instrument précis pour déterminer une concentration, on préfère utiliser un spectrophotomètre.

I Spectrophotomètre : un appareil pour mesurer l'absorbance

- Afin de rendre compte de l'absorption de la lumière par certaines solutions, on introduit une nouvelle grandeur : l'absorbance, notée généralement A, grandeur sans unité.
- Pour mesurer l'absorbance, on utilise un **spectrophotomètre**. On place dans cet appareil une cuve remplie de la solution dont on souhaite déterminer la valeur de l'absorbance.
- Avant toute mesure, l'appareil doit être étalonné, c'est-à-dire que l'on doit régler la valeur de l'absorbance nulle. On utilise pour cela une cuve remplie d'eau distillée.

II Facteurs dont dépend l'absorbance et loi de Beer-Lambert

- De manière à être le plus précis possible, on travaille à la longueur d'onde où l'absorption est maximale.
- **L'absorbance est proportionnelle à l'épaisseur** de la solution traversée et également **proportionnelle à la concentration de la solution**.
- **La loi de Beer-Lambert** traduit cette double proportionnalité :

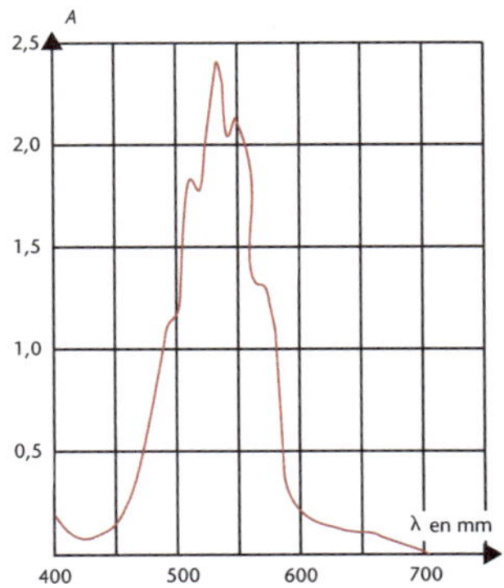

Spectre d'absorption d'une solution de permanganate de potassium. L'absorbption maximale est de $\lambda \approx 530$ nm.

$A = \varepsilon(\lambda).\ell.c$ avec $\varepsilon(\lambda)$: coefficient d'extinction molaire en $L.mol^{-1}.cm^{-1}$; ℓ : longueur de la cuve en cm ; c : concentration de l'espèce colorée en $mol.L^{-1}$; A : absorbance sans unité.

La loi de Beer-Lambert n'est valable que si la solution est suffisamment diluée.

- La largeur ℓ de la cuve d'un spectrophotomètre étant constante, la loi de Beer-Lambert s'exprime plus simplement : $A = K.c$. K s'exprime alors en $L.mol^{-1}$.

III Dosage par étalonnage

- Les solutions étalons se fabriquent souvent à partir d'une solution mère : on obtient une échelle de teinte.
- L'échelle de teinte se prépare par dilution. Le tableau ci-dessous donne les volumes à prélever de la solution mère de concentration $1{,}0 \times 10^{-2}$ $mol.L^{-1}$.

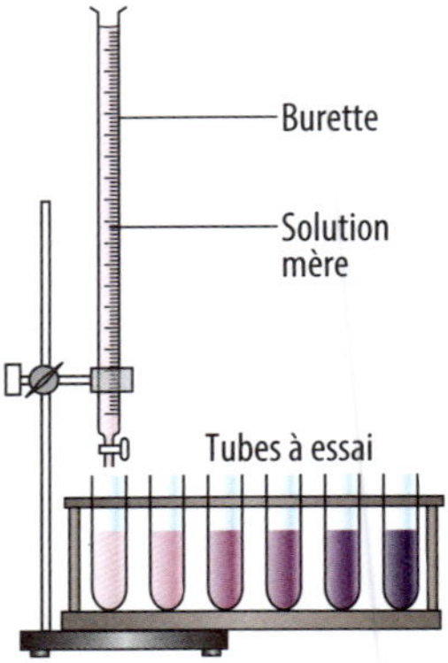

Montage et verrerie utilisée pour réaliser une échelle de teinte

C ($\times 10^{-3}$ $mol.L^{-1}$)	1,0	2,0	3,0	4,0	5,0	6,0
$V_{mère}$ en mL	1,0	2,0	3,0	4,0	5,0	6,0
V_{eau} en mL	9,0	8,0	7,0	6,0	5,0	4,0

- Tracer une droite d'étalonnage permet de réduire l'incertitude.
- Après avoir tracé la droite d'étalonnage, on peut déterminer la concentration d'une solution inconnue.

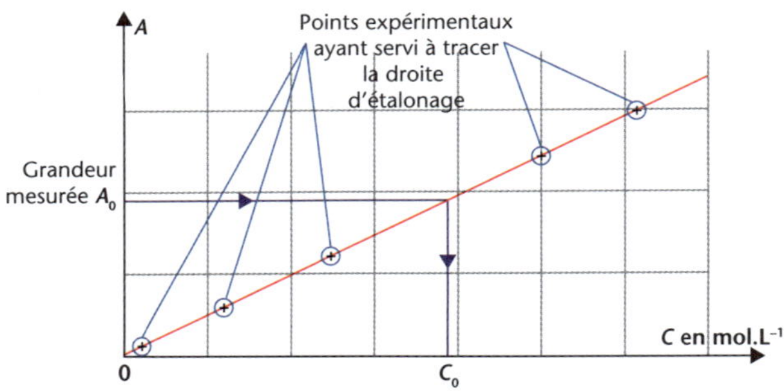

Droite d'étalonnage $A = f(C)$ permettant la détermination de la concentration C_0 de la solution

Exercice commenté pas à pas

Dosage des ions cuivre (II)

Le but de l'exercice est d'illustrer le dosage de solutions parfois utilisées en hydrométallurgie et contenant des ions cuivre (II) : $Cu^{2+}_{(aq)}$. On dispose d'une solution S_1 contenant des ions $Cu^{2+}_{(aq)}$ dont on réalise le dosage spectrophotométrique.

Pour cela, on prépare un ensemble de solutions de sulfate de cuivre ($Cu^{2+}_{(aq)} + SO^{2-}_{4(aq)}$) à partir d'une solution mère S_m de concentration $c_m = 0,50$ mol.L^{-1}.

Solution	S_m	S_{d1}	S_{d2}	S_{d3}	S_{d4}	S_{d5}
$[Cu^{2+}]$ (mol.L^{-1})	0,500	0,250	0,200	0,100	0,050	0,010

On mesure l'absorbance des solutions préparées. Les points expérimentaux sont présentés sur le graphique ci-dessous.

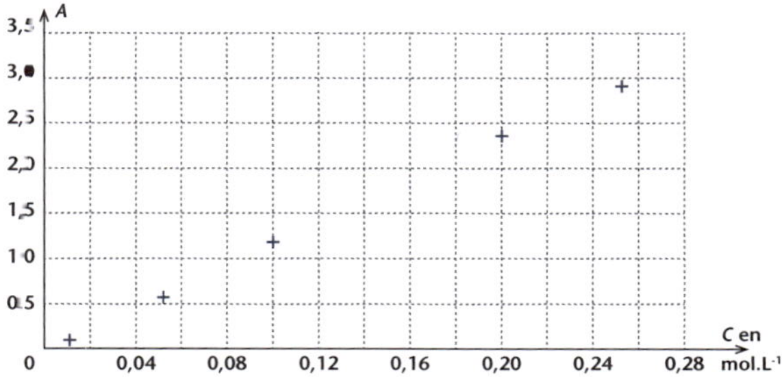

1. Préparation d'une solution diluée : décrire soigneusement la préparation de 50 mL de la solution S_{d2} à partir de la solution mère S_m sachant que l'on dispose de la verrerie suivante :

– fioles jaugées de 25 mL, 50 mL, 100 mL ;
– pipettes jaugées de 10 mL, 20 mL, 25 mL ;
– béchers de 50 mL et de 100 mL ;
– éprouvettes graduées de 20 mL et 50 mL.

2. Détermination de la concentration de la solution S_1.
L'absorbance de la solution S_1 est $A = 1,5$.

Déterminer graphiquement la concentration en ions $Cu^{2+}_{(aq)}$ de la solution S_1.

Avant de commencer

▶ La quantité de matière du soluté lors d'une dilution se conserve.

▶ La verrerie jaugée est plus précise que la verrerie graduée.

Réalisation d'une dilution

On cherche à déterminer le volume à prélever de la solution mère.

Au cours d'une dilution, la quantité de matière se conserve :

$n = C_{mère}.V_{mère} = C_{fille}.V_{fille}$

$$V_{mère} = \frac{C_{fille}.V_{fille}}{C_{mère}}$$

$$V_{mère} = \frac{0,200 \times 50,0}{0,50} = 20 \text{ mL}$$

À l'aide d'une pipette jaugée de 20 mL, on prélève la solution mère. On verse ce volume dans une fiole jaugée de 50 mL. On complète jusqu'au trait de jauge en prenant soin d'homogénéiser à la fin.

Avant de commencer

▶ Vérifier la loi de Beer-Lambert, l'absorbance est proportionnelle à la concentration de l'espèce.

▶ La courbe obtenue est une droite linéaire.

Détermination de la concentration de l'espèce

On trace une droite moyenne et on reporte la valeur de l'absorbance. Pour $A = 1,5$, on lit $C = 0,125 \text{ mol.L}^{-1}$

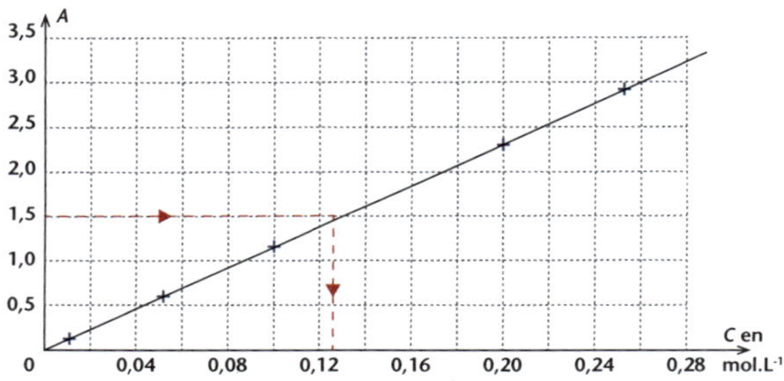

Réactions d'oxydo-réduction

FICHE 5

Les phénomènes d'explosion, de combustion, de vieillissement, de formation d'un dépôt métallique et de fonctionnement de piles ont tous un point commun : ils font intervenir des **réactions d'oxydo-réduction**.

I Oxydant et réducteur

1. Exemples de réactions d'oxydo-réduction

- Considérons l'équation $Fe_{(s)} + Cu^{2+}_{(aq)} \rightarrow Fe^{2+}_{(aq)} + Cu_{(s)}$.

Le fer perd des électrons : $Fe_{(s)} = Fe^{2+}_{(aq)} + 2e^-$.

Le cuivre gagne les électrons cédés par le fer :
$Cu^{2+}_{(aq)} + 2e^- = Cu_{(s)}$.

- Une réaction d'oxydo-réduction est une transformation au cours de laquelle des électrons sont échangés.

- La transformation $HCOOH_{(aq)} + H_2O_{(\ell)} \rightarrow HCOO^-_{(aq)} + H_3O^+_{(aq)}$ n'est pas une équation d'oxydo-réduction car il y a un échange d'ions $H^+_{(aq)}$ et non d'électrons.

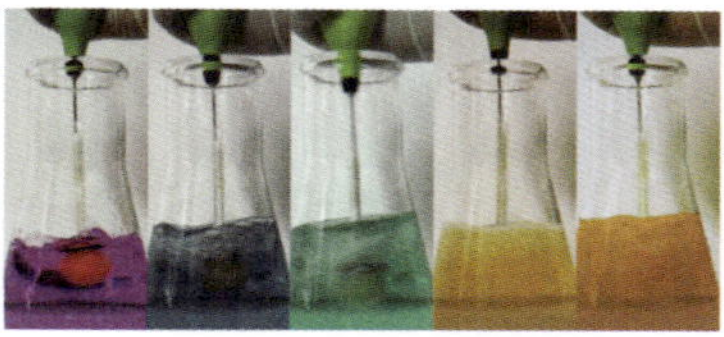

Réaction d'oxydo-réduction entre les ions MnO_4^- et le glucose d'une sucette. Les différentes colorations correspondent à plusieurs transformations des ions permanganate.

2. Définitions

- Un oxydant est une entité chimique susceptible de gagner un ou plusieurs électrons.

- Un réducteur est une entité chimique susceptible de perdre un ou plusieurs électrons.

> Moyen mnémotechnique :
> Oxyd**A**nt = g**A**gne
> Réduct**E**ur = p**E**rd

- Une oxydation correspond à une perte d'électrons, une réduction à un gain d'électrons.

- Les électrons cédés par le réducteur sont aussitôt captés par l'oxydant : le réducteur est oxydé tandis que l'oxydant est réduit. L'oxydation et la réduction sont toujours simultanées.

3. Couple oxydant/réducteur

- Un couple est oxydant/réducteur si l'on peut passer de l'un à l'autre par gain ou perte d'électrons.
- Par convention, on indique toujours l'oxydant en premier, puis ensuite le réducteur ($Cu^{2+}_{(aq)}$ / $Cu_{(s)}$; $Fe^{2+}_{(aq)}$ / $Fe_{(s)}$).

$Cu^{2+}_{(aq)}$ / $Cu_{(s)}$	$Zn^{2+}_{(aq)}$ / $Zn_{(s)}$	$MnO^{-}_{4(aq)}$ / $Mn^{2+}_{(aq)}$
$Fe^{2+}_{(aq)}$ / $Fe_{(s)}$	$S_4O^{2-}_{6(aq)}$ / $S_2O^{2-}_{3(aq)}$	$O_{2(g)}$ / $H_2O_{2(aq)}$
$Fe^{3+}_{(aq)}$ / $Fe^{2+}_{(aq)}$	$H_2O_{(\ell)}$ / $H_{2\,(g)}$	$H_2O_{2(aq)}$ / $H_2O_{(\ell)}$
$Ag^{+}_{(aq)}$ / $Ag_{(s)}$	$O_{2(g)}$ / $H_2O_{(\ell)}$	$Cr_2O^{2-}_{7(aq)}$ / $Cr^{3+}_{(aq)}$

Exemples de couples d'oxydo-réduction

II Écriture d'une équation d'oxydo-réduction

1. Demi-équation

- Les demi-équations traduisent les échanges d'électrons entre l'oxydant et le réducteur.
- Dans le cas d'un couple cation métallique/métal, l'écriture de la demi-équation est simple : $M^{n+}_{(aq)} + n\,e^- = M_{(s)}$.
- Dans les autre cas, il faut s'assurer dans l'ordre suivant de la conservation (exemple avec le couple $Cr_2O^{2-}_{7(aq)}$ / $Cr^{3+}_{(aq)}$) :

1. des éléments autres que O et H : $Cr_2O^{2-}_{7(aq)} = 2Cr^{3+}_{(aq)}$;
2. de l'élément oxygène en rajoutant des molécules d'eau H_2O :
$Cr_2O^{2-}_{7(aq)} = 2\,Cr^{3+}_{(aq)} + 7H_2O_{(\ell)}$;
3. de l'élément hydrogène en rajoutant des ions $H^+_{(aq)}$:
$Cr_2O^{2-}_{7(aq)} + 14H^+_{(aq)} = 2Cr^{3+}_{(aq)} + 7H_2O_{(\ell)}$;
4. des **charges électriques** en utilisant des électrons :
$Cr_2O^{2-}_{7(aq)} + 14H^+_{(aq)} + 6e^- = 2Cr^{3+}_{(aq)} + 7H_2O_{(\ell)}$.

2. Équation-bilan

Pour obtenir l'équation chimique, on combine les deux demi-équations de façon à éliminer les électrons.

Exemple : les ions permanganate $MnO^{-}_{4(aq)}$ (oxydant) peuvent réagir avec les ions $Fe^{2+}_{(aq)}$ (réducteur) selon l'équation suivante :

$MnO^{-}_{4(aq)} + 8H^+_{(aq)} + 5e^- = Mn^{2+}_{(aq)} + 8H_2O_{(\ell)}$

$(Fe^{2+}_{(aq)} = Fe^{3+}_{(aq)} + e^-) \times 5 \Leftarrow$ On multiplie par 5 pour avoir autant d'électrons échangés entre le réducteur et l'oxydant

---

$MnO^{-}_{4(aq)} + 8H^+_{(aq)} + 5Fe^{2+}_{(aq)}$ ® $5Fe^{3+}_{(aq)} + Mn^{2+}_{(aq)} + 8H_2O_{(\ell)}$

Avancement et évolution d'un système chimique

FICHE 6

Lors d'une transformation, les **quantités de matière des réactifs diminuent**, celles **des produits augmentent**. Il est important de connaître les quantités de réactifs et des produits en fin de réaction.

I Avancement d'une réaction

1. Équation d'une réaction

- On considère la réaction de la forme : $a\,A + b\,B \rightarrow c\,C + d\,D$. Les **réactifs à gauche** (A et B) se situent à gauche de la flèche et les **produits à droite** (C et D).
- Les nombres placés devant les symboles chimiques (a, b, c et d) sont appelés **nombres stœchiométriques**. Ils permettent de respecter la **conservation des éléments chimiques** et la **conservation des charges électriques**.

2. Définition

- Pour connaître les quantités de matière des réactifs et des produits en fin de réaction, on introduit une nouvelle grandeur : **l'avancement (en mol)**, noté souvent x.
- L'avancement d'une réaction correspond à la quantité de matière qui serait consommée pour un réactif de coefficient stœchiométrique « 1 ».
- L'avancement varie au cours du temps, il est nul au début de la réaction et maximal en fin de réaction.

II Bilan du système chimique à l'état final

1. Tableau d'avancement

- Pour connaître l'avancement maximal et donc connaître la composition finale du système chimique, on établit un **tableau d'avancement**.

Équation chimique		aA +	bB	→ cC +	dD
État du système	Avancement (mol)	Quantités de matière (mol)			
État initial	0	$n(A)_i$	$n(B)_i$	0	0
En cours de transformation	x	$n(A)_i - ax$	$n(B)_i - bx$	cx	dx
État final	x_{max}	$n(A)_i - ax_{max}$	$n(B)_i - bx_{max}$	cx_{max}	dx_{max}

Les quantités de matière initiales se déterminent à partir des formules données dans la fiche 1, **sans tenir compte** des nombres stœchiométriques de l'équation-bilan.

- $n(A)_i$ et $n(B)_i$ sont les quantités de matière à l'état initial, c'est-à-dire juste avant que la réaction commence.
- x représente l'avancement à un instant quelconque et **x_{max} l'avancement maximal,** c'est-à-dire lorsque **la réaction est terminée.**

2. Détermination de l'avancement maximal et réactif limitant

- La réaction s'arrête lorsqu'un des réactifs vient à manquer. **Le réactif qui impose l'arrêt de la transformation est appelé réactif limitant.**
- À partir du tableau d'avancement, on établit deux hypothèses :

– si A est le réactif limitant : $n(A)_i - ax_{max} = 0 \Leftrightarrow x_{max} = \dfrac{n(A)}{a}$;

– si B est le réactif limitant : $n(B)_i - bx_{max} = 0 \Leftrightarrow x_{max} = \dfrac{n(B)}{b}$.

On choisit la plus petite valeur de x_{max}.

Exemple :

Équation chimique		$2\ Al_{(s)}$	$+\ Fe_2O_{3(s)}$	$\rightarrow Al_2O_{3(s)}$	$+\ 2\ Fe_{(s)}$
État du système	**Avancement (mol)**	**Quantités de matière (mol)**			
État initial	0	0,90	0,50	0	0
En cours de transformation	x	$0{,}90 - 2x$	$0{,}50 - x$	x	$2x$
État final	x_{max}	$0{,}90 - 2x_{max}$	$0{,}50 - x_{max}$	x_{max}	$2x_{max}$

Pour Al : $x_{max} = 0{,}90/2 = 0{,}45$ mol ; pour Fe_2O_3 : $x_{max} = 0{,}50$ mol.

Nous en déduisons que l'aluminium est le réactif limitant : le bilan final est donc :

$n(Al) = 0{,}00$ mol ; $n(Fe_2O_3) = 0{,}05$ mol ; $n(Al_2O_3) = 0{,}45$ mol ; $n(Fe) = 0{,}90$ mol.

3. Mélange stœchiométrique

- Dans certaines conditions initiales, on peut avoir l'égalité :

$$\frac{n(A)}{a} = \frac{n(B)}{b}.$$

- Dans ce cas, les deux réactifs sont entièrement consommés, le mélange initial est dit stœchiométrique.
- Les proportions stœchiométriques permettent de définir l'équivalence lors d'un dosage (→ *voir fiches 8 et 9*).

Détermination de la composition d'un système chimique

QUIZ-Mémorisation active

Questions	Indices	Réponses
Quelles sont les entités échangées dans une réaction d'oxydo-réduction ?	Ces entités déterminent les dimensions d'un atome.	Les électrons.
Qu'est-ce que l'avancement d'une réaction ?	Cette grandeur permet de suivre l'évolution des quantités de matière des réactifs et des produits.	L'avancement d'une réaction correspond à la quantité de matière qui serait consommée pour un réactif de coefficient stœchiométrique « 1 ».
À quoi sert la détermination de l'avancement maximal x_{max} d'une réaction ?	Cette grandeur est utile en fin de réaction.	L'avancement maximal x_{max} permet de déterminer le réactif limitant et faire un bilan de matière en fin de réaction.
Quelle est la demi-équation du $ClO^-_{4(aq)}$ / $Cl^-_{(aq)}$?	Penser à équilibrer les oxygènes avec des molécules d'eau et les hydrogènes avec des ions $H^+_{(aq)}$.	$ClO^-_{4(aq)} + 8H^+_{(aq)} + 8e^- = Cl^-_{(aq)} + 4\,H_2O_{(\ell)}$
Entre deux réactifs, comment détermine-t-on le réactif limitant ?	Il faut tenir déterminer l'avancement maximal x_{max}.	On détermine pour chacun des réactifs l'avancement maximal. Le réactif limitant est celui qui aura la plus petite valeur de x_{max}.
Si l'équation de la réaction, faisant les espèces A, B, C et D, est $aA + bB \rightarrow cC + dD$ (a, b, c et d les nombres stœchiométriques) quelle relation a-t-on si on est en proportion stœchiométrique ?	Les réactifs doivent être entièrement consommés à la fin de la réaction.	$\frac{n(A)}{a} = \frac{n(B)}{b}$.

SCHÉMA-BILAN

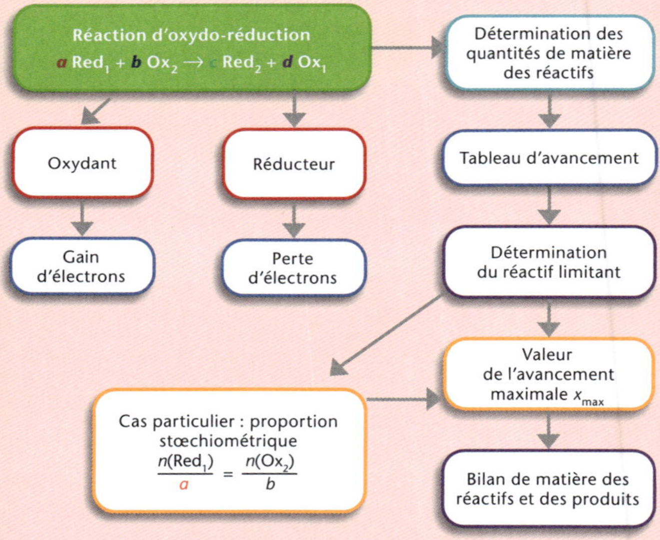

Titrage d'une solution

FICHE 8

Un dosage ou un titrage permet d'évaluer la concentration ou la quantité de matière d'une espèce en solution. Le support utilisé est une réaction chimique.

I Principe d'un titrage

- Pour déterminer la concentration ou la quantité de matière d'une espèce A, on utilise une espèce B (**espèce titrante**) dont on connaît la concentration.
- On considère que l'équation de dosage sera de la forme :

$$a\,A_{(aq)} + b\,B_{(aq)} \rightarrow c\,C_{(aq)} + d\,D_{(aq)}$$

- La **solution titrante B** est placée dans la burette graduée.
- La solution à titrer (A) est prélevée de façon précise avec une **pipette jaugée**.
- On introduit la **solution titrante B** grâce à la **burette graduée** et la solution à titrer (A) est placée sous la burette dans un bécher.
- Le but est de verser un certain volume de la solution B de manière à ce que les espèces A et B soient en proportion stœchiométrique.
- Ce volume nécessaire à verser de la burette pour obtenir les proportions stœchiométriques est appelé volume à l'équivalence, il est **noté $V_{éq}$**.

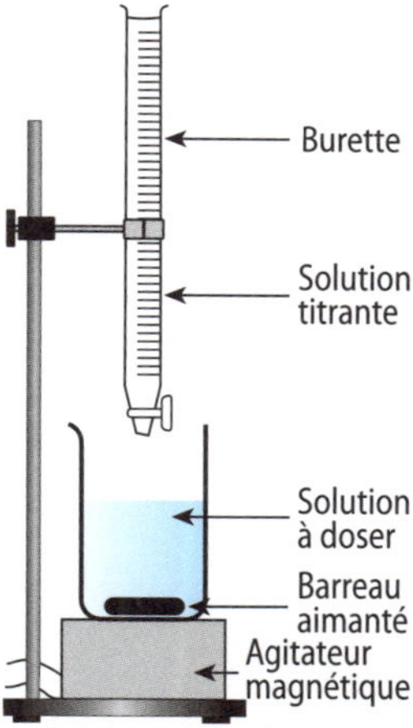

Schéma d'un dosage par titrage

> La verrerie jaugée est toujours plus précise que la verrerie graduée. Cependant, pour des volumes non entier (ex. : V = 9,3 mL), la burette graduée reste la seule verrerie la plus précise.

II Caractéristique de la réaction de dosage

- La réaction de titrage doit posséder plusieurs caractéristiques. Elle doit être :
  - **rapide** : dès que les réactifs sont mis en contact, ils doivent réagir ;
  - **totale** : pour certaines réactions l'avancement n'atteint pas l'avancement maximal à l'état final, ce qui ne doit pas être le cas ici ;

- **spécifique** : pour une solution composée d'un mélange, l'espèce B doit réagir seulement avec l'espèce A.

L'eau potable nécessite plusieurs dosages pour contrôler sa qualité.

III Définition de l'équivalence

- À l'équivalence, les réactifs sont introduits en proportion stœchiométrique.
- L'équivalence donne la relation entre les quantités de matière des espèces titrantes et titrées :

$$\frac{n(A)}{a} = \frac{n(B)}{b}$$

$n(A)$ et $n(B)$: quantité de matière de l'espèce A et de l'espèce B respectivement en mol
a et b : nombres stœchiométriques

- Comme les deux espèces sont en solution, nous avons les relations :

$$n(A) = C_A . V$$
$$n(B) = C_B . V_{éq}$$

C_A et C_B : concentration de l'espèce A et de l'espèce B respectivement en mol.L^{-1}
V : volume de la solution à doser (A) prélevée avec une pipette jaugée en L
$V_{éq}$: volume à l'équivalence de la solution B en L

- L'expérience nous permet de déterminer le volume à l'équivalence $V_{éq}$ de la solution B. Nous pouvons si besoin calculer la concentration de la solution A :

$$\frac{C_A . V}{a} = \frac{C_B . V_{éq}}{b} \Leftrightarrow C_A = \frac{a}{b} \times \frac{C_B\ V_{éq}}{V}.$$

- Avant l'équivalence, l'espèce titrante B est le réactif limitant.
- Après l'équivalence, l'espèce titrante B est introduite en excès (il n'y a plus de réactif titré).
- Le volume à l'équivalence doit être le plus précis possible, pour déterminer de façon précise la quantité de matière de l'espèce à titrer.

Dosage colorimétrique et repérage de l'équivalence

FICHE 9

- L'une des façons de repérer l'équivalence est d'avoir un changement de couleur de la solution au moment du changement du réactif limitant (→ *voir fiche 8*).
- Pour qu'un titrage colorimétrique soit précis, il faut qu'au moment de l'ajout d'une certaine goutte, on ait simultanément changement de couleur et changement de réactif limitant.

I Repérage de l'équivalence grâce à une espèce colorée

- Lorsque l'une des espèces est colorée (comme les ions $MnO^-_{4(aq)}$ de couleur violette), il est facile de repérer l'équivalence car la solution changera de couleur à l'équivalence.
- On souhaite dose les ions $Fe^{2+}_{(aq)}$ à l'aide d'une solution de permanganate de potassium, l'équation de dosage est :

$$MnO^-_{4(aq)} + 8H^+_{(aq)} + 5Fe^{2+}_{(aq)} \rightarrow Mn^{2+}_{(aq)} + 4H_2O_{(\ell)} + 5Fe^{3+}_{(aq)}$$

- La solution de permanganate de potassium sera placée dans la burette, puisque c'est la solution titrante, et la solution contenant les ions Fe^{2+} est placée dans le bécher.
- Au début, la solution contenue dans le bécher est incolore, celle contenue dans la burette est colorée par la présence des ions $MnO^-_{4(aq)}$.
- Au fur et à mesure que l'on verse la solution de K^+,MnO_4^-, les quantités des ions Fe^{2+} diminuent, mais la solution reste incolore tant que les ions Fe^{2+} sont en excès.

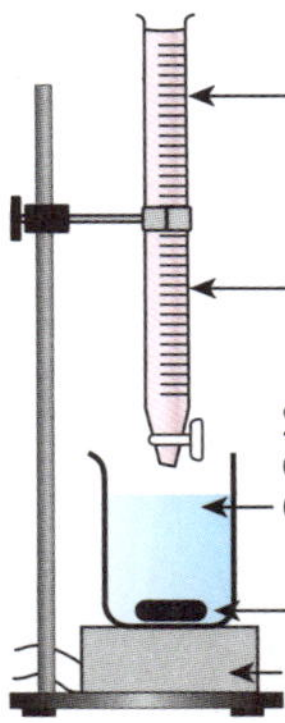

Dosage des ions Fe^{2+} par les ions MnO_4^-

- À l'équivalence, il y a changement de réactif limitant, la goutte en excès d'ions MnO_4^- colorera la solution dans le bécher en violet.

Il est important de connaître la concentration des ions fer dans le vin. Si la teneur devient trop importante, un trouble dans le vin apparaît, que l'on appelle casse ferrique.

• Dans ce cas, la relation à l'équivalence sera (→ *voir fiche 8*) :

$$\frac{n(Fe^{2+})}{5} = n(MnO_4^-) \Leftrightarrow [Fe^{2+}] = \frac{5[MnO_4^-].V_{éq}}{V}.$$

• Pour être précis, un premier dosage rapide est effectué : on verse rapidement la solution contenue dans la burette et on repère environ le volume à l'équivalence.

• Un deuxième dosage est effectué dans les mêmes conditions, mais en faisant un goutte à goutte avec la burette juste avant le volume à l'équivalence repéré précédemment.

II Repérage de l'équivalence grâce à un indicateur coloré

• On peut utiliser un indicateur coloré si les espèces mises en jeu ne sont pas colorées ou pour repérer de façon plus précise l'équivalence du dosage.

Les réactions de dosage mises en jeu dans ces exemples sont des réactions d'oxydo-réduction.

• On souhaite vérifier par exemple la concentration du diiode contenu dans un désinfectant. On effectue pour cela un dosage par les ions thiosulfate : $S_2O_3^{2-}$.

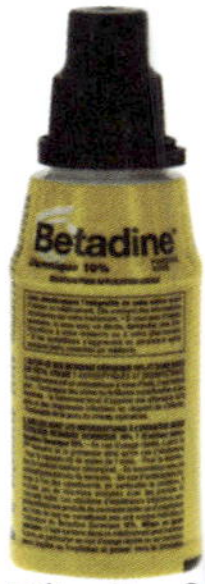

La Bétadine® est un désinfectant dont le principe actif est le diiode I_2.

• L'équation de titrage sera :
$S_2O_{3(aq)}^{2-} + I_{2(aq)} \rightarrow 2I_{(aq)}^- + S_4O_{6(aq)}^{2-}$.

• Le diiode I_2 sera introduit dans le bécher, puisque c'est l'espèce à doser, et les ions thiosulfate $S_2O_3^{2-}$ dans la burette.

• Le diiode I_2 est une espèce colorée de couleur brun-jaune, l'équivalence peut être repérée donc par une décoloration de la solution.

• Cependant, pour être plus précis, on rajoute un indicateur coloré (l'empois d'amidon) lorsque la solution devient jaune (donc une faible concentration de I_2), améliorant le contraste et ainsi la précision du résultat.

• Un indicateur coloré doit être utilisé en faible quantité (quelques gouttes suffisent), le volume à l'équivalence peut être faussé dans le cas contraire.

• Dans ce cas, la relation à l'équivalence sera (→ *voir fiche 8*) :

$$n(I_2) = \frac{n(S_2O_3^{2-})}{2} \Leftrightarrow [I_2] = \frac{[S_2O_3^{2-}].V_{éq}}{2V}.$$

Exercice commenté pas à pas

Dosage colorimétrique d'une solution

Les solutions d'eau oxygénée se décomposent avec le temps. On souhaite vérifier la concentration d'une solution dont on dispose au laboratoire. Sur la bouteille, il est indiqué $[H_2O_2] = 1{,}00 \times 10^{-1}$ mol.L^{-1}.

On titre pour cela un volume $V = 10{,}0$ mL d'une solution aqueuse d'eau oxygénée H_2O_2 par réaction avec une solution aqueuse de permanganate de potassium (K^+, MnO_4^-) de couleur violette, de concentration $c_1 = 2{,}00 \times 10^{-2}$ mol.L^{-1}. Le volume minimale de solution oxydante pour que la coloration violette persiste plus d'une minute est : $V_1 = 19{,}6$ mL.

Couples oxydant réducteur :

$MnO^-_{4(aq)}/Mn^{2+}_{(aq)}$ et $O_{2(aq)}/H_2O_{2(aq)}$.

1. Déterminer l'équation-bilan de support de ce dosage.
2. Avec quelle verrerie est prélevée la solution d'eau oxygénée H_2O_2 ? Où est introduit la solution de permanganate de potassium (K^+, MnO_4^-) ?
3. Déterminer la concentration de l'eau oxygénée. Conclure.

Avant de commencer

► Quels sont les réactifs mis en jeu ?

► Déterminer les demi-équations avant de trouver l'équation globale.

Équation-bilan du dosage

Les réactifs sont les ions permanganate $MnO^-_{4(aq)}$ et l'eau oxygénée $H_2O_{2(aq)}$. Ils se situeront à gauche donc l'équation-bilan.

Les demi-équations sont :

$(MnO^-_{4(aq)} + 8H^+_{(aq)} + 5e^- = Mn^{2+}_{(aq)} + 4H_2O_{(\ell)}) \times 2$

$(H_2O_{2(aq)} = 2H^+_{(aq)} + O_{2(aq)} + 2e^-) \times 5$

$2MnO^-_{4(aq)} + 16H^+_{(aq)} + 5H_2O_{2(aq)} \rightarrow 2Mn^{2+}_{(aq)} + 8H_2O_{(\ell)} + 5O_{2(aq)} + 10H^+_{(aq)}$

On simplifie par 10 $H^+_{(aq)}$ de part et d'autre de la flèche.

$2MnO^-_{4(aq)} + 6H^+_{(aq)} + 5H_2O_{2(aq)} \rightarrow 2Mn^{2+}_{(aq)} + 8H_2O_{(\ell)} + 5O_{2(aq)}$

Avant de commencer

- Quel est le réactif dosé ? Quel est le réactif titrant ?
- Quelle verrerie choisir pour être le plus précis possible ?

Prélèvement de la solution à titrer et emplacement de la solution titrante

La solution de permanganate de potassium ($K^+_{(aq)}$, $MnO^-_{4(aq)}$) est la solution titrante, elle doit être placée dans la burette graduée.

La solution d'eau oxygénée est la solution à doser, elle doit être prélevée avec une pipette jaugée de 10,0 mL. Cette solution est placée en-dessous de la burette graduée.

Avant de commencer

- Définir l'équivalence du dosage.
- À partir de l'équation-bilan de dosage, trouver la relation à l'équivalence.
- Connaître les calculs des quantités de matière pour une solution.

Calcul de la concentration en H_2O_2

À l'équivalence, les réactifs sont placés en proportion stœchiométrique :

$$\frac{n(MnO_4^-)}{2} = \frac{n(H_2O_2)}{5} \Leftrightarrow \frac{c_1.V_1}{2} = \frac{[H_2O_2].V}{5}$$

$$[H_2O_2] = \frac{5}{2}\frac{c_1.V_1}{V}$$

L'application numérique nous donne :

$$[H_2O_2] = \frac{5}{2} \times \frac{2{,}00 \times 10^{-2} \times 19{,}6 \times 10^{-3}}{10{,}0 \times 10^{-3}} = 9{,}80 \times 10^{-2}\ \text{mol.L}^{-1}.$$

$[H_2O_2] < 1{,}00 \times 10^{-1}$ mol.L^{-1}, la solution semble s'être décomposée légèrement.

Représentation et géométrie des molécules et des ions

FICHE 11

La représentation de Lewis des molécules vue en 2nde est aussi valable pour les ions. L'arrangement spatial de la molécule ou de l'ion a une influence sur les propriétés physico-chimiques.

I Représentation de Lewis

1. Cas des molécules

• À partir de la **règle de l'octet, du duet et de la structure électronique**, on peut établir le nombre liaisons qu'établit chaque atome ainsi que le nombre de doublets non-liants.

Nom et symbole	Numéro atomique	Structure électronique	Nombre de liaisons formées dans une molécule	Nombre de doublets non-liants
Hydrogène H	1	$1s^1$	1	0
Carbone C	6	$1s^2\ 2s^2\ 2p^2$	4	0
Azote N	7	$1s^2\ 2s^2\ 2p^3$	3	1
Oxygène O	8	$1s^2\ 2s^2\ 2p^4$	2	2
Fluor F	9	$1s^2\ 2s^2\ 2p^5$	1	3
Chlore Cl	17	$1s^2\ 2s^2\ 2p^6$ $3s^2\ 2p^5$	1	3

• On peut établir par exemple la structure de Lewis de l'ammoniac NH_3 :

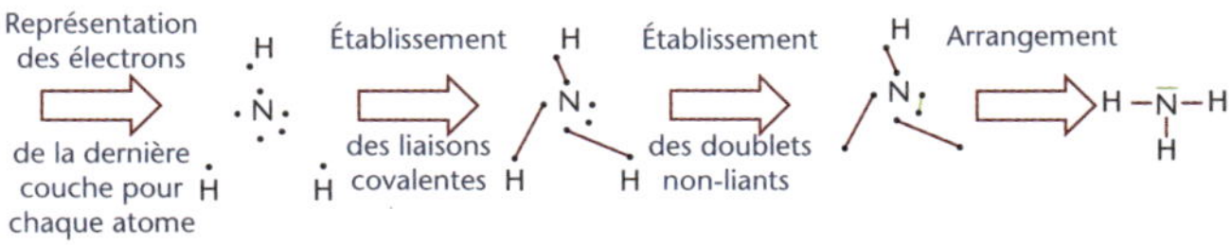

• L'atome central est toujours celui qui engage le plus de liaison. Les atomes avec une seule liaison covalente occupent toujours une position périphérique.

2. Cas des ions

• Les règles de Lewis vues pour les molécules restent valables pour les

La charge électrique est entourée et placée à côté de l'entité portant cette charge.

ions, il faut par contre établir quelle entité porte la charge de l'ion.

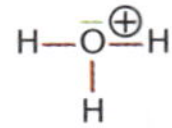

Structure de Lewis de l'ion oxonium H_3O^+

- L'ion oxonium est un cation de formule H_3O^+, on souhaite établir sa structure de Lewis :
  - les hydrogènes ne pouvant établir qu'une liaison, l'oxygène sera donc au centre de cette structure ;
  - l'oxygène portera la charge positive, un **doublet non-liant** est dans ce cas transformé en **doublet liant**.

II Géométrie des molécules et des ions

- Pour tenir compte de la disposition spatiale des liaisons, les chimistes ont élaboré une représentation appelée **représentation de Cram**. On indique par un :
  - **trait** (—) les liaisons situées dans le plan de la feuille ;
  - **triangle plein** (▶) les liaisons situées en avant du plan ;
  - **triangle hachuré** (┅) les liaisons situées en arrière du plan.

Formule brute	CH_4 (méthane)	NH_3 (ammoniac)	H_2O (eau)
Représentation de Lewis	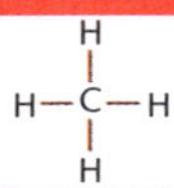	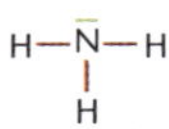	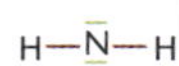
Configuration des doublets	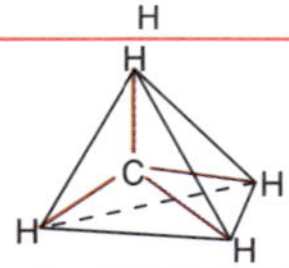	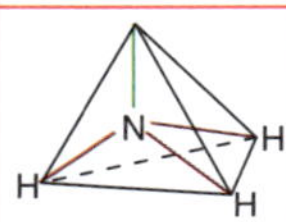	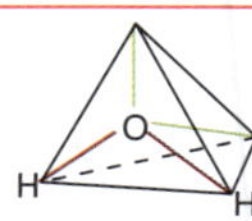
Représentation de Cram	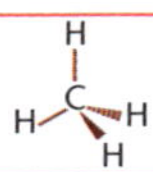	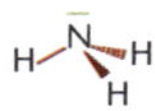	
Géométrie	Tétraédrique	Pyramidale	Coudée

- L'ion oxonium H_3O^+ aura la même géométrie que la molécule d'ammoniac : pyramidale.
- Les atomes établissant des doubles liaisons ont une structure plane au niveau de la double liaison et une structure linéaire s'ils établissent une triple liaison.

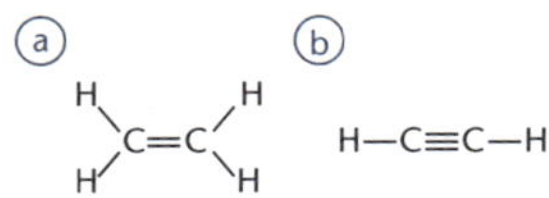

a. Structure plane de l'éthylène
b. Structure linéaire de l'éthyne

Électronégativité et polarité des liaisons

FICHE 12

Les molécules sont constituées d'éléments neutres comme les atomes. Mais au sein de la structure, la création des charges partielles influence les interactions avec les autres molécules et leurs propriétés physico-chimiques.

I Polarité des molécules

1. Électronégativité

- L'**électronégativité** est la capacité d'un atome à **attirer les électrons d'une liaison** vers lui.
- L'électronégativité, **grandeur sans dimension**, se note χ.
- Les éléments formant préférentiellement des anions (situés donc à droite dans le tableau périodique) auront une électronégativité plutôt élevée.
- Le fluor a l'électronégativité la plus élevée : il a un petit rayon atomique et il appartient à la famille des halogènes.
- L'électronégativité n'a pas de sens pour les gaz nobles, puisqu'ils ne sont pas engagés dans aucune liaison covalente.

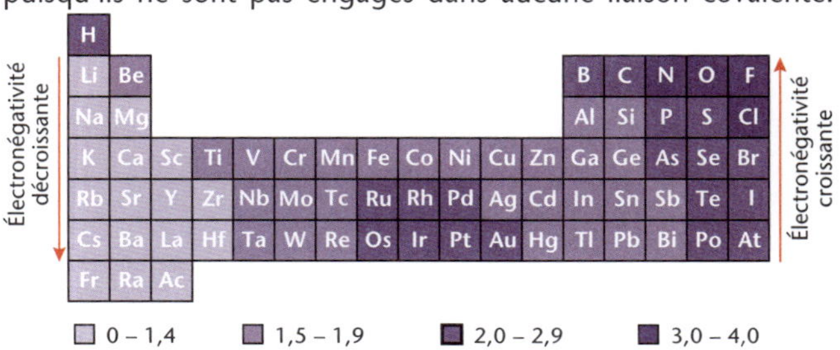

Évolution générale de l'électronégativité dans le tableau périodique des éléments

2. Polarisation de la liaison covalente

- Si dans une liaison A—B, $\chi(B) > \chi(A)$, alors le doublet d'électrons sera localisé davantage sur B que sur A. Il se crée alors une charge partielle négative δ^- sur B et une charge partielle positive δ^+ sur A. On dit que la liaison est **polarisée**.

$$\overset{\delta^+}{A} \rightarrow \overset{\delta^-}{B}$$

Notation d'une liaison polarisée

3. Polarité d'une molécule

- Les molécules constituées d'atomes identiques (N_2, O_2, F_2...) n'ont pas de liaison polarisée : elles sont **apolaires**.
- Une molécule est polaire si le barycentre des charges positives ne coïncide pas avec celui des charges négatives.
- La polarité d'une molécule se détermine en additionnant tous les moments dipolaires :
  - $\sum \vec{p_i} = \vec{0}$, la molécule est apolaire ;
  - $\sum \vec{p_i} \neq \vec{0}$, la molécule est polaire.

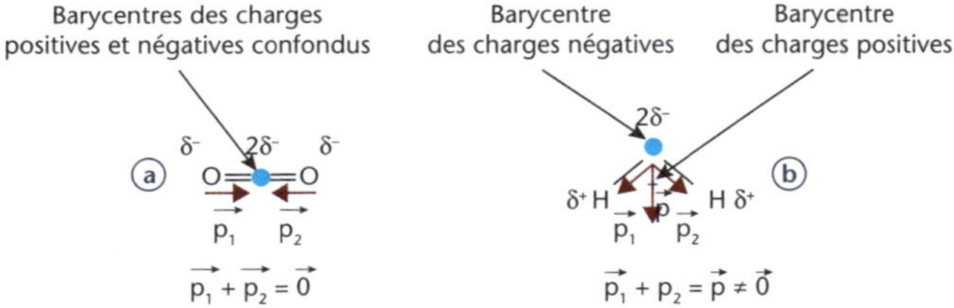

Malgré l'existence de moments dipolaires, le dioxyde de carbone CO_2 est apolaire (a), l'eau H_2O est par contre une molécule polaire (b).

II Influence de la polarité sur les propriétés physico-chimique d'une molécule

- Une molécule polaire a beaucoup d'interaction avec les molécules également polaires ou des entités chargées.
- Cette polarité influence sa solubilité mais également les températures de fusion et d'ébullition.

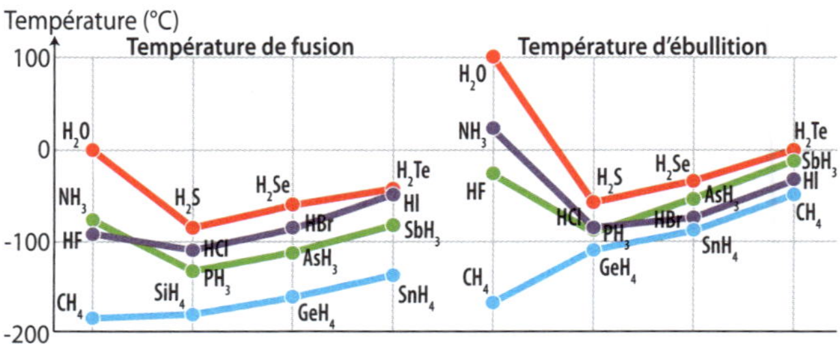

Cohésion des solides ioniques et moléculaires

FICHE 13

Un solide ionique est constitué de cations et d'anions. La cohésion d'un solide ionique est assurée par des interactions coulombiennes attractives. D'autres interactions, comme les interactions de Van der Waals, entrent en jeu pour les solides moléculaires.

I Structure des solides ioniques

1. Formule statique d'un solide ionique

• Un **solide ionique est toujours électriquement neutre** : les charges positives et négatives doivent se compenser.

• La formule statique indique la nature et la proportion de chaque ion à l'intérieur du solide.

• L'ion Ca^{2+} (chargé +2e) peut former un solide ionique avec l'ion phosphate PO_4^{3-} (chargé –3e). Il faut donc 3 ions Ca^{2+} pour 2 ions PO_4^{3-} pour avoir un solide neutre. Sa formule statique est : $Ca_3(PO_4)_2$.

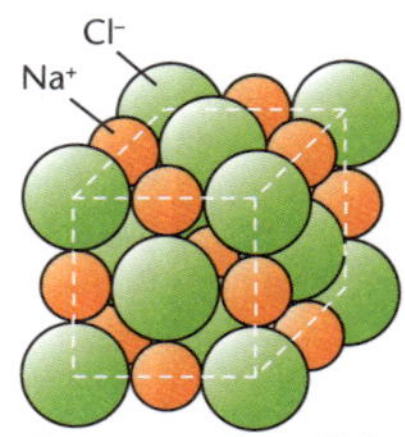

Structure du solide ionique chlorure de sodium NaCl

2. Interaction électrostatique dans un solide ionique

• **Les ions subissent entre eux des interactions électrostatiques.**

• Afin d'avoir des interactions attractives, un ion de charge négative s'entoure toujours d'ions de charge positive et inversement.

• Dans le chlorure de sodium, chaque ion chlorure Cl^- est entouré de 6 ions sodium Na^+ et inversement chaque ion sodium est entouré de 6 ions chlorure Cl^-.

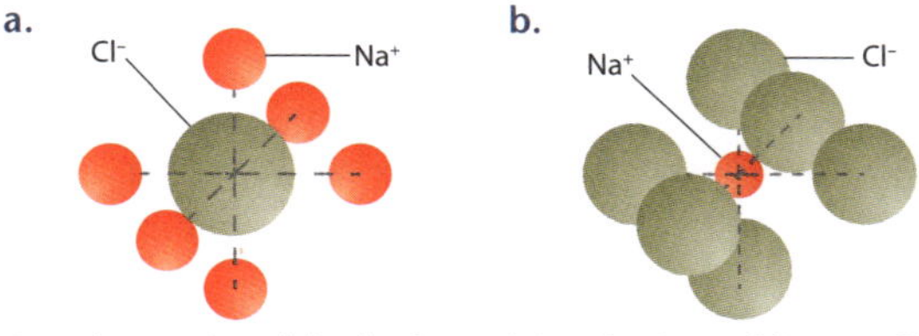

Représentation éclatée des voisins des ions chlorure Cl^- (a) et des voisins de l'ion Na^+ dans le solide NaCl

II Interactions assurant la cohésion des solides moléculaires

1. Interactions de Van der Waals

• Les interactions de Van der Waals sont des interactions entre dipôles électriques. C'est une interaction le plus souvent attractive.

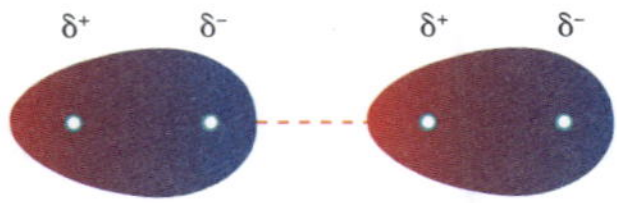

Interaction de Van der Waals : déformation du nuage électronique d'une molécule et création d'un dipôle induit

• Si la molécule est polaire, les dipôles s'orientent de manière à ce que l'interaction soit attractive.

• Si la molécule est apolaire, le nuage électronique peut quand même se déformer et faire apparaître ainsi un dipôle instantané donnant lieu à une interaction attractive.

2. Les liaisons hydrogène

• Les molécules contenant des atomes d'hydrogène impliqués dans des liaisons polarisées (→ *voir fiche 12*) peuvent établir des ponts d'hydrogène.

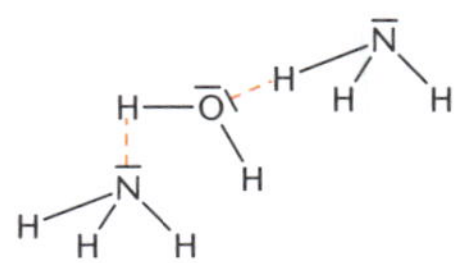

Liaisons hydrogène entre les molécules d'ammoniac NH_3 et d'eau H_2O.

• La liaison hydrogène est une interaction intermoléculaire entre un atome d'hydrogène et un autre atome d'une autre molécule plus électronégatif, le plus souvent l'oxygène O, l'azote N, le fluor F ou le chlore Cl.

• Ainsi, toutes les molécules appartenant à la famille des alcools présentent des liaisons hydrogène.

• Les liaisons hydrogène sont des interactions attractives, plus fortes que les interactions de Van der Waals.

• Les ponts d'hydrogène créés entre les molécules d'eau ont une conséquence importante : l'eau liquide est plus compacte que l'eau solide, ce qui n'est pas le cas pour les autres corps purs.

Dissolution des composés ioniques

FICHE 14

Les **interactions entre le soluté et le solvant** permettent d'expliquer la dissolution des composés ioniques.

I Mécanisme de dissolution d'un composé ionique

• La polarité de l'eau permet d'expliquer la dissolution des composés ioniques.

• Les ions sont par contre très peu solubles dans les solvants apolaires.

• Lors d'une dissolution, trois étapes importantes se distinguent :
– la **dissociation** du solide ionique ou moléculaire ;
– la **solvatation ou hydratation** : le soluté s'entoure de molécules du solvant ;
– la **dispersion** : l'espèce dissoute se répartit de façon homogène dans tout le solvant grâce à une agitation thermique et mécanique.

• Lors de la solvatation, l'interaction électrostatique qui lie les ions entre eux n'est plus suffisante pour assurer la cohésion du solide : l'interaction des ions avec les molécules polaires du solvant est devenue prédominante.

• Les molécules du solvant polaire entourant le composé ionique s'orientent de manière à produire une interaction toujours attractive avec les ions qui sont dissous.

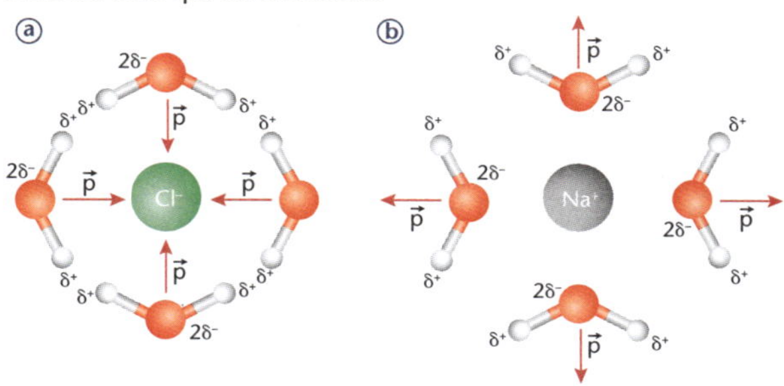

a. Hydratation d'un anion : les atomes d'hydrogène de l'eau sont orientés vers l'anion

b. Hydratation d'un cation : les atomes d'oxygène de l'eau sont orientés vers le cation

II Équation-bilan de dissolution

- Un solide ionique (**le soluté**) lorsqu'il se dissocie dans un solvant se dissocient en cations et en anions.

L'interaction entre le solvant et le soluté peut modifier sa couleur : les ions cobalt Co^{2+} sont bleus dans l'éthanol et rouge-violet dans l'eau.

- Par exemple, pour le phosphate de calcium, l'équation de dissolution est :

$$Ca_3(PO_{4(aq)})_{2(s)} \rightarrow 3\,Ca^{2+}_{(aq)} + 2\,PO^{3-}_{4(aq)}$$

- Les quantités de matière de chaque ion peuvent se déterminer à partir d'un tableau d'avancement :

Équation chimique		$Ca_3(PO_4)_{2(s)}$ →	$3\ Ca^{2+}$ +	$2\ PO^{3-}_{4(aq)}$
État du système	***x* (mol)**	**Quantités de matière (mol)**		
État initial	0	n	0	0
Instant t	x	$n - x$	$3x$	$2x$
État final	x_{max}	$n - x_{max} = 0$	$3x_{max}$	$2x_{max}$

- À partir de cet exemple, nous pouvons définir la concentration en soluté apporté. Elle correspond la quantité de matière de soluté dissous pour un volume de 1L de solvant :

$$C = \frac{n}{V}$$

C : Concentration en soluté apporté en $mol.L^{-1}$
n : quantité de matière du soluté apporté en mol
V : volume du solvant en L

- À partir du tableau d'avancement, nous pouvons déterminer la concentration effective des ions Ca^{2+} et PO_4^{3-}, elle est indiquée entre crochets :

$$[Ca^{2+}] = \frac{3x_{max}}{V} = \frac{3n}{V} = 3C \text{ et } [PO_4^{3-}] = \frac{2x_{max}}{V} = \frac{2n}{V} = 2C$$

- La concentration en soluté apporté n'est pas toujours ainsi identique à la concentration effective des ions dissous.

BILAN

De la structure à la polarité d'une entité

FICHE 15

QUIZ-Mémorisation active

Questions	Réponses
L'azote a pour numéro atomique $Z(N) = 7$. Combien de liaison(s) covalente(s) et doublet(s) non-liant(s), l'azote établit-il ?	3 liaisons covalentes et un doublet non-liant.
Quelle est la structure de Lewis de l'ion ammonium NH_4^+ ? ($Z(N) = 7$, $Z(H) = 1$)	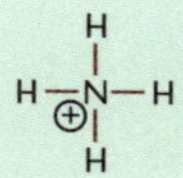
Quels sont les deux critères pour qu'un élément soit très électronégatif ?	Les éléments très électronégatifs sont situés à droite dans la classification périodique (famille des halogènes) et ayant un petit rayon atomique.
Qu'est-ce qu'une molécule polaire ?	Une molécule est polaire si le barycentre des charges négatives ne correspond pas au barycentre des charges positives.
Quelle interaction assure la cohésion d'un solide ionique ?	Interaction électrostatique.
Quelles interactions assurent la cohésion d'un solide moléculaire ?	Interaction de Van der Waals et liaisons hydrogène.
Comment expliquer que l'eau puisse dissoudre les entités ioniques ?	Car l'eau est une molécule polaire.
Donnez la définition de la concentration en soluté apporté.	La concentration en soluté apporté correspond la quantité de matière de soluté dissous pour un volume de 1 L de solvant.
Le nitrate de cuivre $Cu(NO_3)_2$ est constitué d'ions Cu^{2+} et NO_3^-. Lorsque ce solide est dissous, exprimer la concentration des ions nitrate NO_3^- en fonction de la concentration en soluté apporté *C*.	$[NO_3^-] = 2C$

SCHÉMA-BILAN

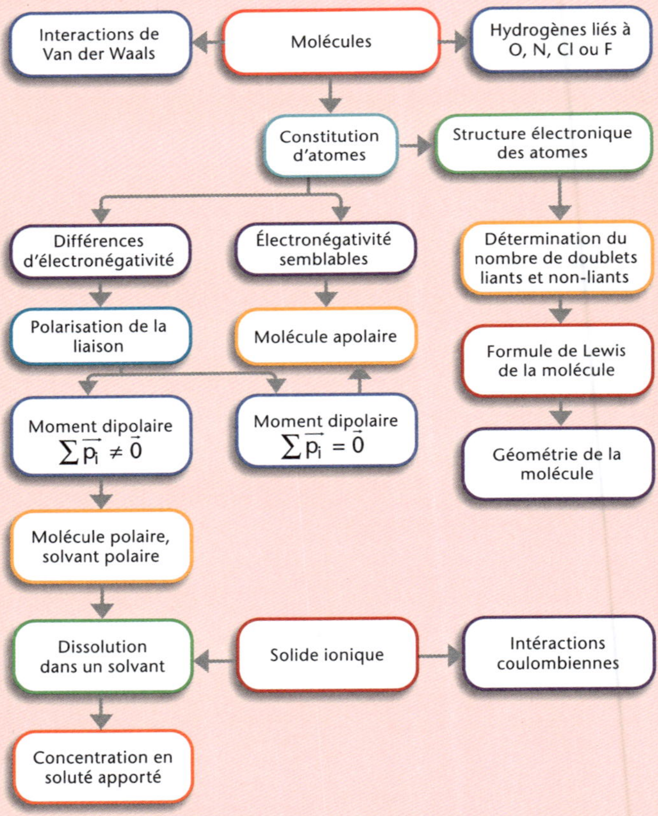

Extraction par solvant et miscibilité de deux liquides

FICHE **16**

Pour extraire un composé un organique, le choix du solvant est important : l'espèce à extraire doit être très soluble dans ce solvant.

I Techniques d'extraction par un solvant

L'extraction par solvant est une technique qui consiste à faire passer, par **solubilisation**, la substance à extraire dans un solvant.

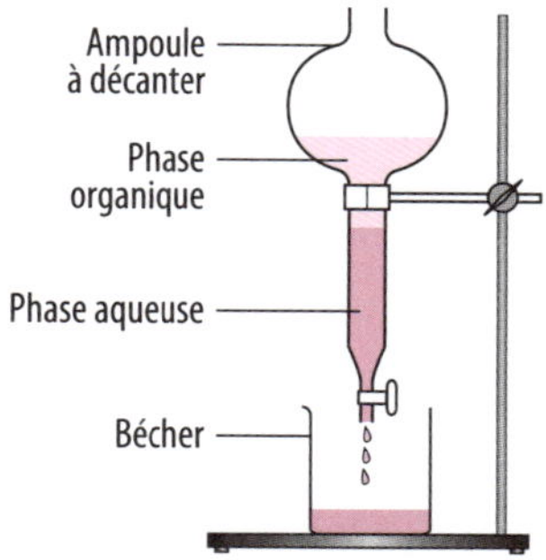

Extraction liquide-liquide

1. Extraction liquide-liquide

- L'extraction liquide-liquide s'effectue avec une ampoule à décanter. Pour cela, il faut que :
  – l'espèce **soit plus soluble** dans le solvant extracteur que dans l'eau ;
  – le solvant extracteur **ne doit pas être miscible** avec l'eau, pour pouvoir être séparé.
- Le solvant extracteur doit être le moins nocif possible pour l'environnement et pour l'Homme.

Explosif	Inflammable	Comburant	Gaz sous pression	Corrosif	Toxique	Nocif / Irritant	Danger pour la santé	Dangereux pour l'environnement

Pictogramme de sécurité : il vaut mieux choisir un solvant irritant qu'un solvant présentant un danger pour la santé

- Les deux liquides contenus à l'intérieur de l'ampoule à décanter sont agités vigoureusement, on dégaze régulièrement.

> L'emploi de solvants organiques nécessite l'utilisation d'une hotte.

- La décantation s'effectue toujours à l'air libre. L'espèce que l'on veut extraire se situe alors dans la phase organique.

- Pour connaître la position de la phase organique, on peut :
– lire la densité du solvant. Si $d < 1$, le solvant organique se situe dans la phase supérieure. Sinon il est dans la phase inférieure dans le cas contraire ($d > 1$) ;
– laisser tomber une goutte d'eau et on regarde dans quelle phase elle se dirige.

2. Extraction par un broyage

- L'espèce à extraire peut être contenue dans une plante, le broyage permet de libérer l'espèce que l'on veut extraire.

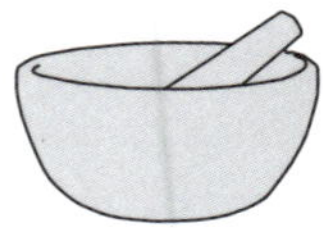
Mortier + pilon

- Lorsqu'on broie une substance à l'aide d'un mortier, on libère la substance à extraire en détruisant les cellules.
- On rajoute ensuite un peu de solvant pour solubiliser l'espèce à extraire.
- Une filtration permet de recueillir une solution contenant l'espèce recherchée.

II Choix du solvant et miscibilité de deux liquides

- Les molécules polaires seront solubles dans les solvants polaires. À l'inverse, les molécules apolaires seront solubles dans les molécules apolaires.
- Ainsi, pour une extraction liquide-liquide d'une espèce contenue dans l'eau, on choisit plutôt un solvant apolaire : ils sont moins miscibles avec l'eau.
- Les molécules polaires comme le saccharose sont très solubles dans l'eau (molécules polaires) : il se crée des interactions de Van de Waals et des liaisons hydrogène.

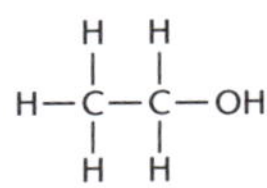
Formule développée de l'éthanol

- L'éthanol est une molécule présente dans les boissons alcoolisées, elle est très miscible avec l'eau car elle possède une liaison —OH et créé facilement des liaisons hydrogène avec l'eau.
- Pour séparer deux liquides non miscibles, une simple décantation suffit. On doit utiliser une distillation fractionnée pour séparer deux liquides miscibles.
- Lors d'une distillation, le composé ayant la température d'ébullition la plus basse (le plus volatil) sera recueilli en premier.

FICHE 17

Le savon est une espèce amphiphile

Les espèces amphiphiles, comme le savon, peuvent dissoudre les graisses (molécules peu polaires) et se dissoudre dans l'eau (molécules polaires). Cette propriété est utilisée pour nettoyer les taches de graisses.

I Préparation et structure d'un savon

- Les premiers savons ont été fabriqués dans l'Antiquité à partir d'un corps gras (graisse de chèvre, huile d'olive) et de cendres.
- Les savons sont **des tensioactifs** : ils sont capables de se dissoudre dans l'eau et de dissoudre les taches de graisse.
- Actuellement, les savons sont préparés par réaction entre un corps gras et une solution de soude ($Na^{+}_{(aq)}$, $HO^{-}_{(aq)}$) ou de potasse ($K^{+}_{(aq)}$, $HO^{-}_{(aq)}$).
- Au cours de cette réaction, il se forme un anion (ion carboxylate) qui précipite lorsque l'on rajoute une solution saturée de chlorure de sodium.

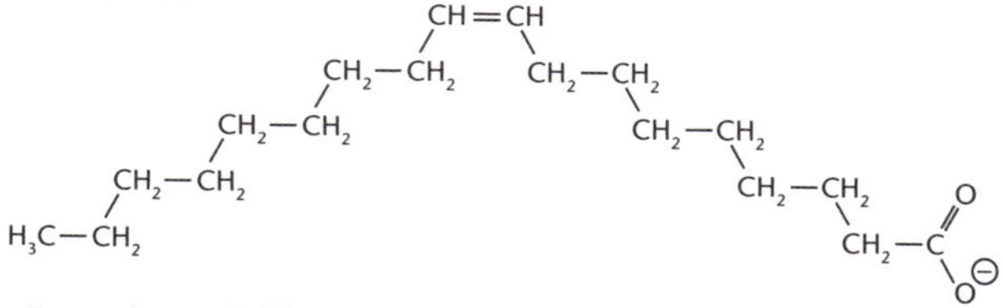

Formule semi-développée (→ *voir fiche 19*) de l'anion oléate, composé le plus abondant dans le savon de Marseille

- L'anion est le principe actif du savon, il est composé d'une longue chaîne carbonée (16 – 18 carbones) se terminant par une partie chargée.

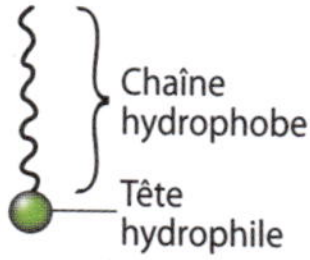

Représentation symbolique d'une entité amphiphile

- La longue chaîne carbonée est **apolaire**, cette partie de l'anion ne peut pas se dissoudre dans l'eau, elle est hydrophobe.
- Cependant, cette chaîne carbonée peut se dissoudre dans les graisses, elle est lipophile.

> La moutarde permet de lier le vinaigre et l'huile dans une vinaigrette, car elle contient des molécules amphiphiles.

- La fin de la molécule (appelée également tête), —COO^- est anionique. Elle se dissout très bien dans l'eau (propriété hydrophile) et peu dans les graisses (propriété lipohobe).
- Les deux parties (chaîne carbonée hyprohobe et tête hydrophile) permettent d'expliquer le caractère amphiphile de l'anion.

II Décolement des taches graisseuses et formation de micelles

- Le savon peut former un film continu à la surface de l'eau : les parties hydrophiles dans l'eau et la queue hydrophobe à l'air libre.
- Le savon est également un tensioactif, car il modifie les propriétés de surface de l'eau.

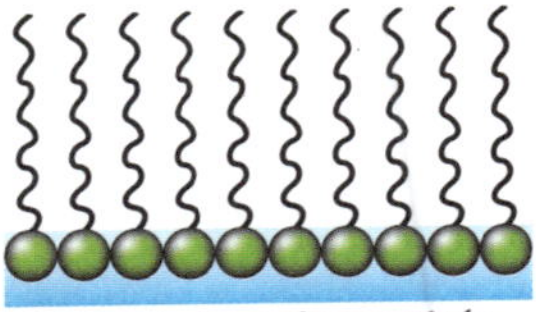

Orientation des entités amphiphiles à la surface de l'eau

- Lors du brassage pendant la lessive, la tache va capter des molécules de savons, la partie hydrophobe de l'anion interagissant avec la tache de graisse.
- Le brassage permet à la tache de capter de plus en plus de tensioactifs, à un moment elle va se décoller du tissu, formant une micelle dans l'eau.

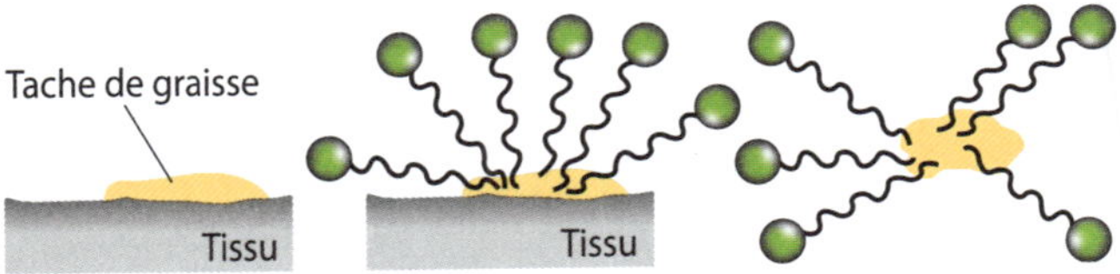

- Les tensioactifs dans une lessive permettent d'augmenter la solubilité des graisses et le décollement du tissu.
- Si l'eau utilisée pour la lessive contient beaucoup d'ions Mg^{2+} et Ca^{2+}, elle sera défavorable à l'action des savons. Une réaction parasite empêche en effet leur action :

$$2\ RCO^-_{2(aq)} + Ca^{2+}_{(aq)} \rightarrow Ca(RCO_2)_{2\ (s)}$$

où $RCO^-_{2(aq)}$ est l'anion constituant le savon.

Extraction de l'eugénol

La molécule d'eugénol possède des propriétés antiseptiques et anesthésiantes. On peut extraire cette molécule des clous de girofle par hydrodistillation. Le distillat obtenu présente un aspect trouble. On cherche à extraire l'eugénol au moyen d'un solvant approprié.

	Risque	Solubilité	densité	Solubilité avec l'eugénol	Température d'ébullition
Benzène		Insoluble dans l'eau	0,88	Soluble	81 °C
Acétone		Soluble dans l'eau	0,79	Soluble	56 °C
Cyclohexane		Insoluble dans l'eau	0,78	Soluble	81 °C

1. Déterminer le meilleur solvant pour extraire l'eugénol. Justifier votre réponse.

2. Pour réaliser cette manipulation, on doit utiliser 5,0 mL de solvant extracteur. On ne dispose que d'une balance et d'un bécher. Comment le laborantin doit-il s'y prendre ?

3. Donner les étapes pour réaliser cette extraction en précisant la verrerie employée. Faire un schéma légendé pour illustrer vos propos.

4. Peut-on nettoyer l'ampoule à décanter entre deux extractions avec du liquide vaisselle ?

Avant de commencer

► Le composé à extraire doit être plus soluble dans le solvant extracteur que dans l'eau.

► Le solvant extracteur doit être le moins dangereux possible pour l'être humain et l'environnement.

Choix du solvant extracteur

L'acétone ne convient pas car ce solvant est soluble avec l'eau. On préférera prendre le cyclohexane au benzène, car bien qu'il soit polluant et il est moins nocif pour l'être humain.

Avant de commencer

- Comment détermine-t-on une masse volumique ?
- Quelle relation permet de déterminer la densité d'un liquide ?

Détermination de la densité d'un liquide

Astuce

Une masse volumique possède une unité, ce qui n'est pas le cas d'une densité.

$m = \rho . V \Leftrightarrow m = 0{,}78 \times 5{,}0 = 3{,}9$ g.

On tare le bécher sur la balance et on ajoute le cyclohexane jusqu'à ce que la balance indique 3,9 g.

Avant de commencer

- Quelle est la verrerie à employer ?
- Où se situent la phase organique et la phase aqueuse ?

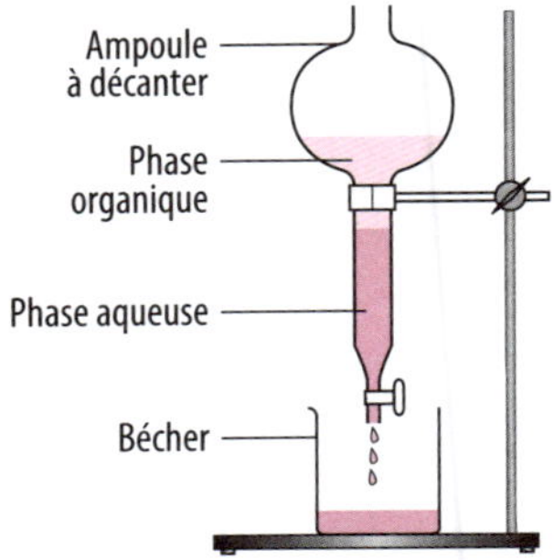

Extraction liquide-liquide

Rédiger un protocole

On met le distillat dans une ampoule à décanter et on ajoute le cyclohexane comme solvant. On bouche, on agite et on laisse décanter à l'air libre. On récupère la phase organique qui sera la phase supérieure (0,78 < 1) et on jette la phase aqueuse (phase inférieure).

Avant de commencer

- Les produits pour faire la vaisselle contiennent des tensioactifs.
- Les tensio-actifs sont des molécules amphiphiles.

Propriétés des molécules amphiphiles

Les liquides vaisselle permettent de décoller les taches de graisse, ils contiennent donc des tensio-actifs, qui sont des composés amphiphiles. Lors de la prochaine extraction, la séparation entre la phase aqueuse et la phase organique sera moins évidente à cause de la présence des molécules amphiphiles. Pendant l'agitation, les molécules de cyclohexane se trouveront dissoutes dans la phase aqueuse grâce à la formation de micelles.

Nomenclature et propriétés des alcanes et des alcools

FICHE 19

Les pétroles que l'on extrait contiennent beaucoup d'alcanes. La longueur de la chaîne et les ramifications d'un alcane ou d'un alcool influencent les températures de changement d'état.

I Nomenclature des alcanes et des alcools

1. Chaîne carbonée

- Dans une formule semi-développée, on ne représente pas les liaisons avec les atomes d'hydrogène.
- La chaîne carbonée (ou squelette carbonée) est l'**enchaînement des atomes de carbone** au sein de la molécule.

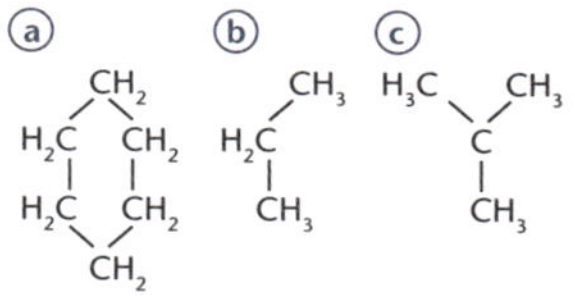

(a) : cyclohexane molécule cyclique
(b) : propane molécule linéaire
(c) : 2-méthylpropane molécule ramifiée

2. Les alcanes

- Les alcanes linéaires ou ramifiées sont des hydrocarbures ayant pour formule brute C_nH_{2n+2}.

Nombre de C	Alcanes linéaires	Formule brute	Formule semi-développée
1	Méthane	CH_4	
2	Ethane	C_2H_6	CH_3-CH_3
3	Propane	C_3H_8	$CH_3-CH_2-CH_3$
4	Butane	C_4H_{10}	$CH_3-CH_2-CH_2-CH_3$
5	Pentane	C_5H_{12}	$CH_3-CH_2-CH_2-CH_2-CH_3$
6	Hexane	C_6H_{14}	$CH_3-CH_2-CH_2-CH_2-CH_2-CH_3$

Nomenclature et formule développée des 6 premiers alcanes linéaires

- Pour nommer un alcane ramifié, on procède de la manière suivante :

1. le nom de l'alcane correspondra à la chaîne carbonée la plus longue ;

2. on repère les ramifications constituées le plus souvent par des groupes alkyles méthyl (CH_3—) ou éthyl (CH_3—CH_2—). On utilise le préfixes « di » ou « tri » si le groupe alkyle apparaît plusieurs fois ;

3. la chaîne carbonée la plus longue est numérotée de manière à ce que les groupes alkyles aient les numéros les plus faibles.

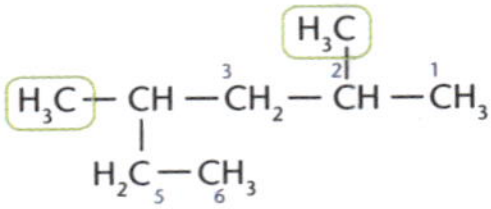

2,4-diméthylhexane
Nom d'un alcane ramifié : la chaîne la plus longue comporte 6 carbones numérotés de 1 à 6. Les groupes alkyles sont encadrés en vert

3. Les alcools

• Pour obtenir un alcool à partir d'un alcane, on substitue un hydrogène H par un groupement hydroxyle —OH.

• Pour nommer l'alcool par rapport à l'alcane dont il dérive, on rajoute les règles suivantes :
1. la chaîne la plus longue doit contenir le groupe hydroxyle —OH. Ce groupe hydroxyle doit avoir le numéro de carbone le plus petit ;
2. on substitue le suffixe « -ane » par le suffixe « an-*X*-ol » où *X* est le numéro du carbone portant le groupe —OH.

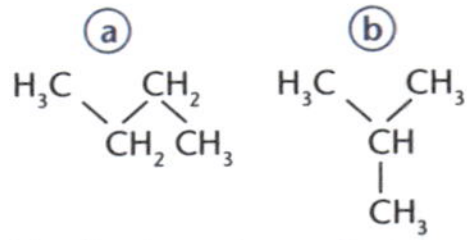

Molécules isomères : butane (a) et 2-méthylpropane (b)

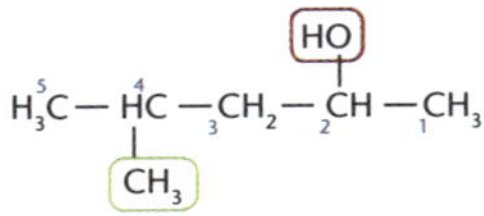

4-méthylpentan-2-ol
Nom d'un alcool ramifié

II Changement d'état des alcanes et des alcools

• Les ramifications font diminuer les interactions entre les molécules : la température de fusion ou d'ébullition d'un alcane linéaire sera supérieure par rapport à son isomère ramifié.

• La température de fusion ou d'ébullition d'un alcool sera supérieure par rapport à l'alcane dont il dérive : le groupe hydroxyle —OH permet d'établir des liaisons hydrogène.

Molécule	Butane	Méthylpropane	Butan–1–ol
Formule semi-développée	$CH_3—CH_2—CH_2—CH_3$	H_3C CH_3 CH | CH_3	$CH_3—CH_2—CH_2$ | CH_2 | OH
Température d'ébullition	–1 °C	–12 °C	117 °C
Température de fusion	–140 °C	–159 °C	–90 °C

Comparaison des températures de changement d'état du butane, méthylpropane et du butan-1-ol

Nomenclature et propriétés des aldéhydes, cétones et acides carboxyliques

FICHE 20

Les propriétés chimiques des aldéhydes, des cétones et des acides carboxyliques sont variées car les fonctions entre ces molécules sont différentes.

I Aldéhydes et cétones

1. Formule et nomenclature

- Les molécules d'aldéhyde et de cétone contiennent toutes les deux le groupe carbonyle C=O.
- La formule générale d'un aldéhyde est 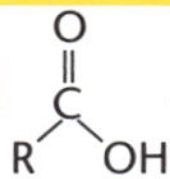 . R correspond à un groupe alkyle (→ *voir fiche 19*).

On le note –CHO en formule semi-développée.

- Pour nommer les aldéhydes, on utilise les règles vues précédemment (→ *voir fiche 19*) et on substitue le suffixe « e » de l'alcane correspondant par le suffixe « al ».
- On ne précise pas le numéro du carbone qui porte le groupe aldéhyde, le groupe aldéhyde est toujours situé en bout de chaîne. Il correspond par contre toujours au carbone n° 1.

Aldéhyde le plus simple

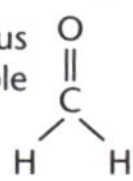

Méthanal ou formaldéhyde

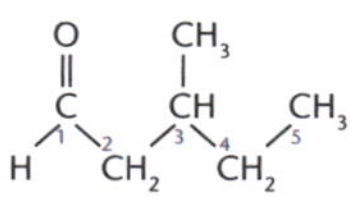

3-méthylpentanal

- La formule générale d'une cétone est 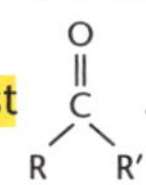 . R et R' correspondent à des groupes alkyles.
- Pour nommer une cétone, on substitue le suffixe « e » de l'alcane correspondant par le suffixe « one ».
- On précise également le numéro du carbone portant la fonction cétone, il a la priorité sur les groupes alkyles si la chaîne est substituée.

Cétone la plus simple

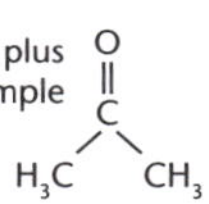

Propanone ou acétone

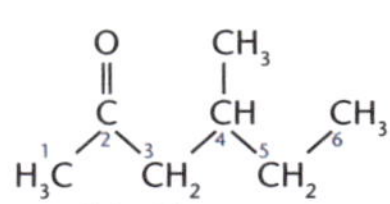

4-méthylhexan-2-one

2. Tests caractéristiques des aldéhydes et des cétones

• Plusieurs tests existent pour montrer la présence ou l'absence d'un aldéhyde ou d'une cétone et distinguer si la molécule est un aldéhyde ou une cétone.

	2,4-DNPH	Liqueur de Fehling	Réactif de Tollens
Aldéhyde	Précipité jaune orangé	Précipité rouge	Miroir d'argent
Cétone	Précipité jaune orangé	Pas de réaction	Pas de réaction

II Acides carboxyliques

1. Formule et nomenclature

• La formule générale d'un acide carboxylique est 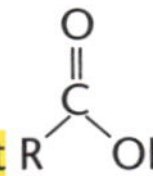. R correspond à un groupe alkyle. On le note –COOH en formule semi-développée.

• Pour nommer les acides carboxyliques, on substitue le suffixe « e » de l'alcane correspondant par le suffixe « oïque ». On précède le nom du terme « acide ».

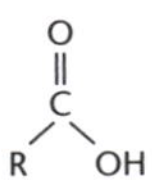

Acide méthanoïque ou acide formique

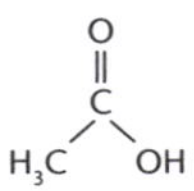

Acide éthanoïque ou acide acétique

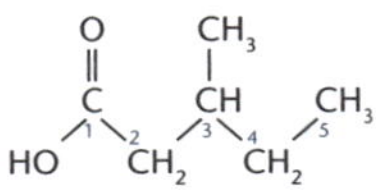

Acide 3-méthylpentanoïque

2. Propriétés des acides carboxyliques

• Les acides carboxyliques possèdent des propriétés acides, ils sont capable de libérer des protons : R—COOH → R—COO$^-$ + H$^+$.

• Les acides carboxyliques sont capables d'établir des **liaisons hydrogène**, ils se dissolvent facilement dans l'eau :
- l'acide éthanoïque est la principale molécule que l'on trouve dans le vinaigre de consommation ;
- les savons contiennent des ions R—COO$^-$, ils sont issus de la famille des acides carboxyliques (→ *voir fiche 17*).

Identification des molécules par spectroscopie infrarouge

FICHE 21

Le rayonnement infrarouge est caractérisé par un rayonnement dont la longueur d'onde est supérieure à 800 nm. L'analyse d'un spectre infrarouge permet de déterminer les groupes caractéristiques contenus dans une molécule organique.

I Principe de la spectroscopie infrarouge

- L'énergie d'un rayonnement infrarouge n'est pas suffisante pour faire casser les liaisons. Ce rayonnement peut par contre faire vibrer les liaisons covalentes d'une molécule.
- Sur un spectre infrarouge, on indique la transmittance T sur l'axe des ordonnées et le nombre d'onde σ (en cm^{-1}) sur l'axe des abscisses.
- La transmittance est le pourcentage de l'intensité lumineuse restante après traversée du rayonnement infrarouge d'une solution :

$$T = \frac{I}{I_0}$$

T : transmittance en %
I : intensité lumineuse mesurée après traversée du rayonnement
I_0 : intensité lumineuse de référence

- Le nombre d'onde σ est l'inverse d'une longueur d'onde :

$$\sigma = \frac{1}{\lambda}$$

σ : nombre d'ondes en cm^{-1}
λ : longueur d'onde en cm

- Dans la plupart des spectres : $400\ cm^{-1} < \sigma < 4\ 000\ cm^{-1}$.
- Lorsque la radiation infrarouge est absorbée, les vibrations de la liaison peuvent être une élongation ou une déformation.

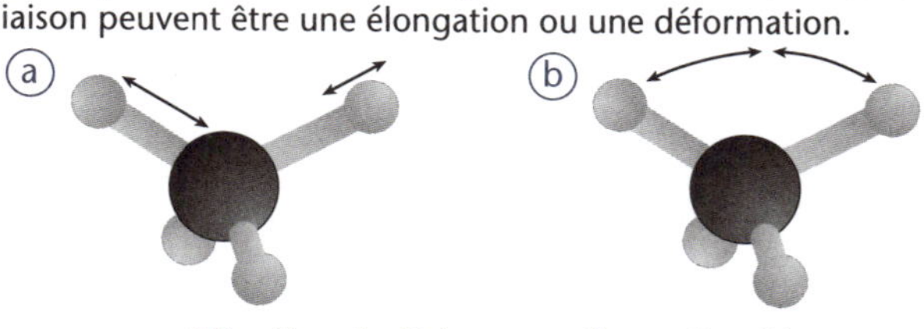

Vibration des liaisons par élongation (a) et déformation (b) pour la molécule de méthane

- Pour certaines longueurs d'onde, le spectre présente alors des **pics ou des bandes d'absorption**.

II Analyse d'un spectre infrarouge

• Les spectres dans l'infrarouge présentent un profil complexe, avec de nombreuses bandes d'absorption. On distingue deux zones principales :

- **$4\,000 > \sigma > 1\,400\ cm^{-1}$** environ : cette partie du spectre **rassemble des bandes caractéristiques des liaisons O—H**, etc.
- **$1\,400 > \sigma > 500\ cm^{-1}$** : cette partie du spectre, plus complexe, est propre à un composé donné. Elle est souvent appelée **« empreinte digitale »**.

La liaison C—O présente une exception, puisqu'elle a une bande d'absorption dans l'empreinte digitale comprise entre $1\,050\ cm^{-1}$ et $1\,470\ cm^{-1}$.

• Les groupes caractéristiques vibrent toujours à peu près à la même valeur :
- O—H a une bande large d'absorption entre 3 200 et $3\,600\ cm^{-1}$;
- C═O a une bande d'absorption entre 1 650 à $1\,750\ cm^{-1}$;
- la liaison C—H du carbone portant la liaison aldéhyde (notée souvent C_{ald}—H) présente deux petits pics caractéristique à $2750\ cm^{-1}$ et $2\,900\ cm^{-1}$.

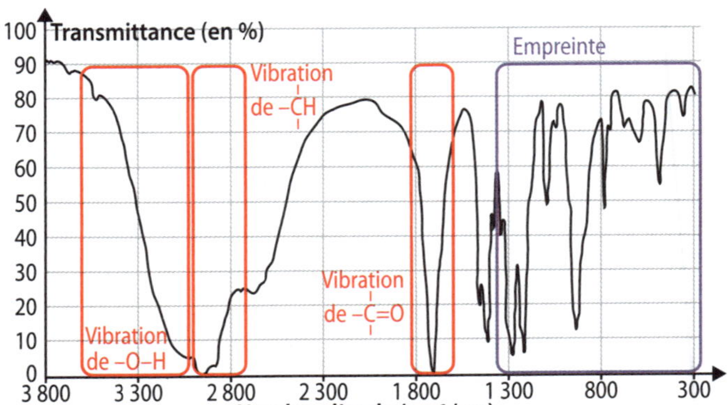

Analyse spectrale de l'acide butanoïque : $CH_3—CH_2—CH_2—COOH$

• Pour les acides carboxyliques, il y a chevauchement des bandes O—H et —CH. Ce qui n'est pas le cas des alcools, où les deux bandes d'absorption se distinguent très nettement.

BILAN

Structure des entités organiques

FICHE 22

QUIZ-Mémorisation active

Questions	Indices	Réponses
Qu'est-ce que le squelette carboné dans une molécule organique ?	Le carbone est l'élément qui engage le plus de liaison covalente.	Le squelette carboné est l'enchaînement des atomes de carbones au sein de la structure.
Quelle est la formule brute d'un alcane ?	Un alcane est seulement constitué d'atomes de carbone et d'hydrogène établissant des liaisons simples.	C_nH_{2n+2}
Quel est le nom de la molécule suivante ? 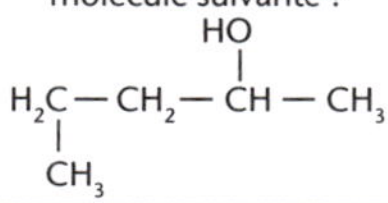	Les alcools sont caractérisés par un groupe — OH.	Pentan-2-ol
Quel est le point commun entre un aldéhyde et une cétone ?	Ces deux molécules possèdent le même groupe fonctionnel.	Les molécules d'aldéhyde et de cétone sont caractérisées toutes les deux par le groupe carbonyle C=O.
Représenter en formule semi-développée la molécule d'acide 2-méthylpropanoïque.	Les acides carboxyliques sont caractérisés par le groupe : 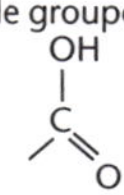	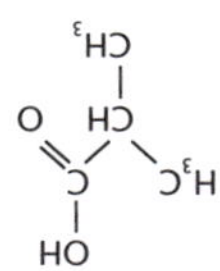
Quel groupe caractéristique possède les acides gras, molécules utilisées pour la préparation des savons ?	Les savons possèdent des molécules amphiphiles : une partie hydrophobe et une autre hydrophile.	Les acides gras, comme l'acide oléique, sont des acides carboxyliques.
Le spectre infrarouge de la molécule ci-dessous, correspond-il à un alcool ou à un acide carboxylique ? 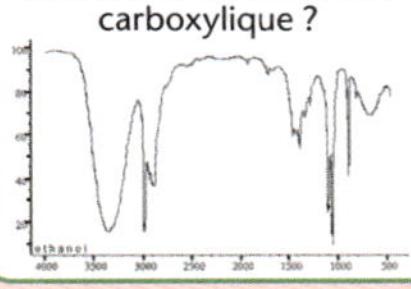	La bande O—H dans le cas d'un acide carboxylique se chevauche avec la bande C—H.	Le spectre représenté correspond à un alcool.

SCHÉMA-BILAN

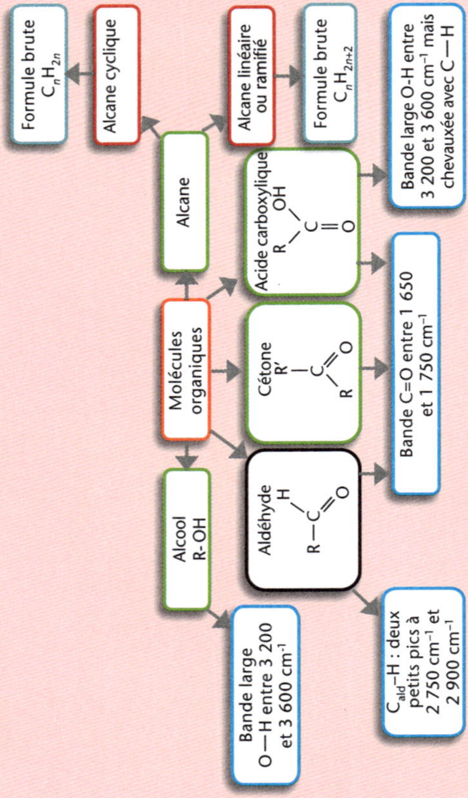

FICHE 23

Étapes d'une synthèse chimique

Lors d'une synthèse, l'espèce chimique est obtenue par réaction chimique. À l'issue de cette transformation, le produit est ensuite **séparé, purifié,** puis **analysé**.

I Conditions expérimentales

- On pèse ou on mesure le volume des réactifs avant de les introduire dans le ballon afin de déterminer leur quantité de matière.
- Grâce à un tableau d'avancement (→ *voir fiche 6*), on détermine le réactif limitant et la quantité maximale de produit susceptible de se former.
- Dans une synthèse organique, on utilise souvent le **montage à reflux** (→ *voir schéma ci-contre*).

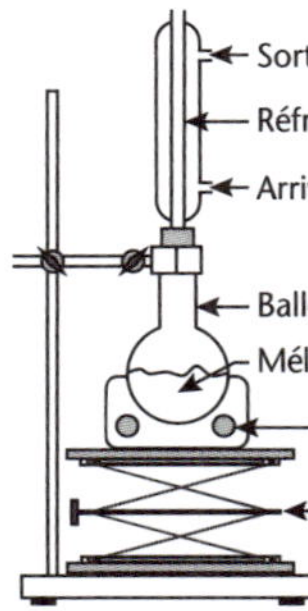

Schéma du montage à reflux

- Dans le montage, on chauffe pour accélérer la réaction grâce au **chauffe-ballon** et le **réfrigérant** liquéfie les vapeurs évitant ainsi la perte des composés.
- Les quantités de matières des réactifs doivent être déterminées afin de connaître la quantité de produit susceptible d'être formé.
- Le **choix du solvant** est également important, il permet la mise en contact des réactifs.

II Extraction et analyse du produit

1. Séparation et purification du produit

- À la fin de la synthèse, **le produit est souvent mélangé avec les autres composés**. Plusieurs techniques sont possibles pour l'isoler selon qu'il soit à l'état solide ou liquide :

État	Solide	En solution
Technique de séparation	Filtration simple ou filtration sous vide	Extraction liquide – liquide avec une ampoule à décanter (→ *voir fiche 16*)
Séchage	Étuve	Sel anhydre

• L'une des techniques les plus employées pour purifier un produit est la recristallisation : le produit brut est solubilisé dans un solvant chaud. Lorsque le solvant refroidit, le produit recristallise, laissant les impuretés dissoutes dans le solvant.

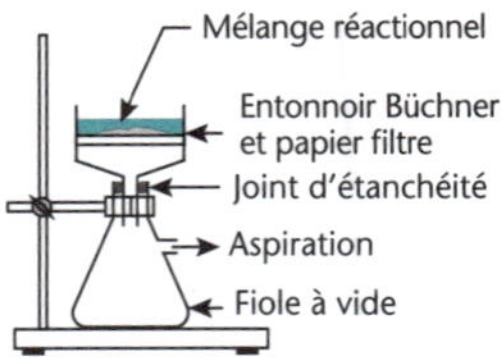

Filtration sous vide ou filtration sur Büchner

2. Analyse du produit

• Pour caractériser le produit, on peut utiliser :

– la chromatographie sur couche mince : le nombre de taches indique le nombre de composés et on regarde si la tache est à la même hauteur que le composé de référence ;
– le banc Köfler, avec la température de fusion ;
– la spectroscopie infrarouge (→ *voir fiche 21*).

• Il est intéressant de faire une analyse du produit avant et après purification, afin de voir l'efficacité de cette étape.

3. Rendement

• À la fin de la synthèse, on détermine le rendement :

$$\eta = \frac{n}{n_{max}} = \frac{m}{m_{max}}$$

η : rendement de cette synthèse en %
n : quantité de matière du produit purifié en mol
n_{max} : quantité de matière maximale du produit en mol
m : masse du produit purifié en g
m_{max} : masse maximale du produit en g

• n_{max} et m_{max} se déterminent à partir du réactif limitant.

• Le rendement n'est jamais de 100 % à cause des différentes pertes dans les étapes de synthèse (lavage, recristallisation, réaction non totale…).

• Le but lors d'une synthèse est donc de limiter le nombre de réactions nécessaires de façon à maximiser le rendement.

Combustion des matières organiques

FICHE 24

La combustion des matières organiques dégage de l'énergie sous forme thermique. La chaleur dégagée permet de faire fonctionner des centrales électriques, des moteurs, de chauffer des bâtiments…

I Combustibles usuels

- Lors d'une combustion, un combustible réagit avec un comburant (comme le dioxygène) et dégage de la chaleur.
- Les combustibles d'origine fossile résultent de la décomposition d'organismes vivants effectuée il y a plusieurs millions d'années.
- Les alcanes et les alcools sont souvent utilisés comme combustibles, ils ont en effet une forte énergie volumique ou massique.

Nom	Formule semi-développée	État	Pouvoir calorifique massique en $kJ.g^{-1}$	Énergie de réaction molaire en $kJ.mol^{-1}$
Méthane	CH_4	Gaz	55,5	888
Éthanol	CH_3-CH_2-OH	Liquide	29,7	1 366
Charbon		Solide	32,5	
Bois		Solide	21,7	

- La combustion du méthane est moins polluante que celle du charbon : il n'y pas de rejets de particules fines dans l'atmosphère terrestre.
- La combustion de l'éthanol et le bois respectent plus le développement durable, ils sont issus de la biomasse.

II Réaction de combustion

- La combustion des hydrocarbures (alcane ou alcool) consomme du dioxygène (O_2) et produit du dioxyde de carbone (CO_2) et de l'eau (H_2O) :

Pour équilibrer ces **réactions de combustion**, on commence toujours par équilibrer le carbone et l'hydrogène et on termine par l'oxygène.

– combustion du butane : $C_4H_{10} + 13/2\ O_2 \rightarrow 4\ CO_2 + 5\ H_2O$;
– combustion de l'éthanol : $C_2H_6O + 3\ O_2 \rightarrow 2\ CO_2 + 3\ H_2O$.

- Le dioxygène consommé est souvent le dioxygène de l'air.

- **Ces réactions dégagent de l'énergie sous forme de chaleur**, ce sont des transformations exothermiques.
- Si les composés sont à l'état gazeux, **l'énergie dégagée lors de la combustion peut se déterminer à partir des énergies de liaisons de chaque entité chimique**.
- L'énergie de liaison entre deux atomes est l'énergie nécessaire pour rompre la (les) liaison(s) entre les deux atomes pris à l'état gazeux. L'ensemble de la réaction s'effectue en phase gazeuse :

$$A\text{-}B_{(g)} \rightarrow A_{(g)} + B_{(g)}$$

Liaison	Énergie de liaison en $kJ.mol^{-1}$	Liaison	Énergie de liaison en $kJ.mol^{-1}$
C-H	410	C=O	795
C-C	348	H-H	436
O=O	497	O-H	460

- Les enthalpies de liaison sont des valeurs moyennes car chaque liaison dans une molécule présente une énergie qui dépend des autres liaisons.
- Par exemple, pour la combustion du méthane ($CH_{4(g)} + 2\ O_{2(g)} \rightarrow CO_{2(g)} + 2\ H_2O_{(\ell)}$), nous :
  - détruisons les quatre liaisons C-H du méthane CH_4 ;
  - détruisons la liaison O=O du dioxygène O_2 ;
  - formons deux liaisons C=O du dioxyde de carbone CO_2 ;
  - formons deux liaisons O-H de l'eau H_2O ;
  - avons un changement d'état de l'eau (passage de l'état gazeux à l'état liquide).
- En tenant compte des nombres stœchiométriques, nous déterminons l'énergie de combustion du méthane :

$$\Delta E_{\text{réaction}} = 4\ E_{C\text{-}H} + 2\ E_{O=O} - 2\ E_{C=O} - 4\ E_{O\text{-}H} - 2\ L_{vap}$$

$$\Delta E_{\text{réaction}} = 4 \times 410 + 2 \times 497 - 2 \times 795 - 4 \times 460 - 2 \times 41 = -878\ kJ.mol^{-1}$$

(valeur expérimentale $-888\ kJ.mol^{-1}$, l'énergie est négative car la réaction est exothermique.)

- À partir de la quantité de matière de combustible introduit, nous pouvons déterminer l'énergie dégagée lors de cette combustion :

$$\Delta E = n.\Delta E_{\text{réaction}}$$

ΔE énergie dégagée lors de la combustion en kJ
n quantité de matière du combustible en mol
$\Delta E_{\text{réaction}}$ énergie de la réaction pour une mole de combustible en $kJ.mol^{-1}$

Synthèse d'espèces organiques et conversion de leur énergie stockée

QUIZ-Mémorisation active

Questions	Réponses
Dans le montage à reflux, quel est le rôle du réfrigérant ?	Le réfrigérant liquéfie les vapeurs et évite ainsi la perte des composés.
Lors d'une synthèse, pourquoi chauffe-t-on le mélange réactionnel ?	Le chauffage permet d'accélérer la réaction.
Si le produit est solide, que peut-on utiliser pour le récupérer et le séparer des autres composés ?	On peut utiliser une filtration sous vide.
Qu'est-ce qu'une recristallisation ?	C'est une technique de purification. Le produit brut est solubilisé dans un solvant chaud. Lorsque le solvant refroidit, le produit recristallise, laissant les impuretés dissoutes dans le solvant.
Citer trois techniques d'identification de produits.	On peut utiliser la chromatographie sur couche mince, le banc Köfler pour mesurer la température de fusion ou la spectroscopie infrarouge.
Quels sont les deux réactifs nécessaires pour réaliser une combustion ?	Il faut un combustible et un comburant (O_2).
Quels sont les deux produits dégagés lors de la combustion complète d'une matière organique ?	Le dioxyde de carbone (CO_2) et l'eau (H_2O).
Définir l'énergie de liaison.	C'est l'énergie nécessaire pour rompre la (les) liaison(s) entre les deux atomes. L'ensemble de la réaction s'effectue en phase gazeuse. $A\text{-}B_{(g)} \rightarrow A_{(g)} + B_{(g)}$
Quelles sont les liaisons détruites dans l'éthanol lors de la combustion de ce composé ?	On détruit 5 liaisons C-H, une liaison C-C, une liaison C-O et une liaison O-H.

SCHÉMA-BILAN

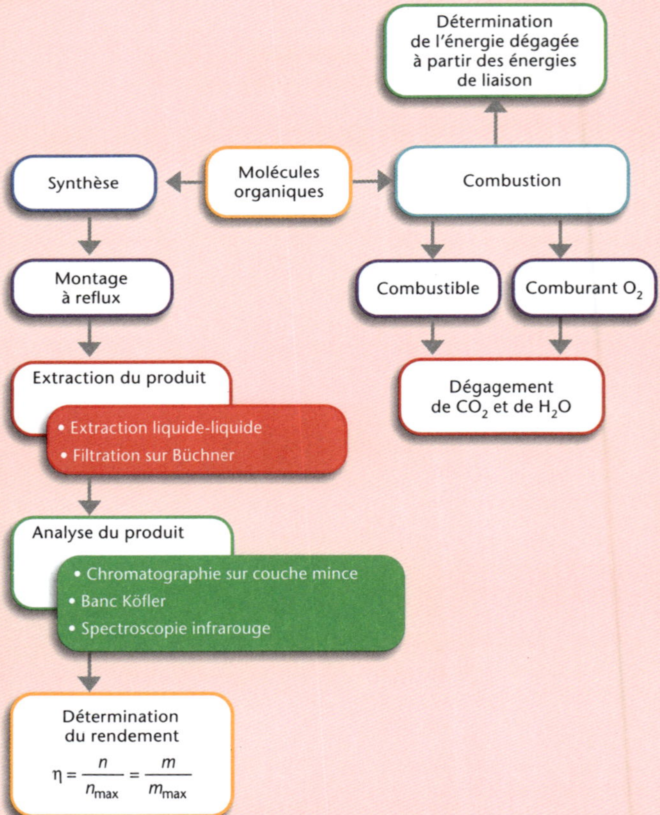

Interaction gravitationnelle et champ de pesanteur

FICHE 26

L'interaction gravitationnelle est à l'origine de la cohésion des galaxies et des systèmes stellaires.

I Interaction gravitationnelle

• Deux corps A et B de masse respective m_A et m_B et distants d'une distance d_{AB} exercent l'un sur l'autre une interaction gravitationnelle dont l'expression est :

$$\overrightarrow{F_{A/B}} = -G\frac{m_A \cdot m_B}{d_{AB}^2}\overrightarrow{u_{AB}}$$

$\overrightarrow{F_{A/B}}$ force gravitationnelle en N
G : constante de gravitation,
$G = 6{,}67 \times 10^{-11}$ N. m^2.kg^{-2}
m_A et m_B : masse des corps A et B en kg
d_{AB} : distance entre les points A et B en m
$\overrightarrow{u_{AB}}$: vecteur unitaire orienté de A vers B (→ *voir schéma*)

• L'interaction gravitationnelle est une interaction toujours attractive, les forces $\overrightarrow{F_{A/B}}$ et $\overrightarrow{F_{B/A}}$ sont de sens opposés : $\overrightarrow{F_{A/B}} = -\overrightarrow{F_{B/A}}$.

• Les caractéristiques de cette force sont les suivantes :
- **origine :** le point A (ou B) sur lequel s'exerce la force ;
- **direction :** la direction de la droite (AB) ;
- **sens :** la force exercée par A sur B est dirigée vers A, celle exercée par B sur A est dirigée vers B : la force est attractive ;
- **valeur :** les forces exercées par A sur B, et par B sur A, ont la même valeur : $F_{A/B} = F_{B/A} = G\frac{m_A \cdot m_B}{d_{AB}^2}$

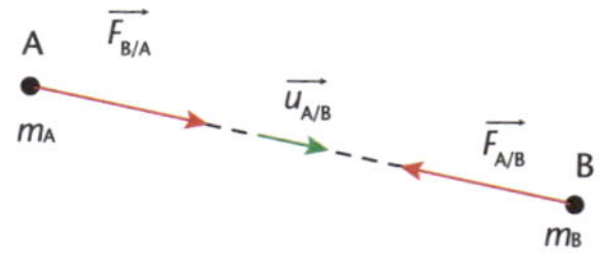

L'attraction gravitationnelle tend à faire rapprocher les deux masses

II Champ de pesanteur

• Un champ de force est un endroit où se manifeste un système de forces. On associe à chaque point de l'espace un vecteur représentant ce champ de force.

• La Terre par le fait de sa masse exerce une force gravitationnelle sur tous les autres objets ayant une masse. On peut représenter cette interaction par un champ de pesanteur.

• À partir de l'expression de la force de l'interaction gravitationnelle, on peut en déduire l'expression du champ de pesanteur terrestre :

$$\vec{P} = \vec{F} \quad m \cdot \vec{g} = G\,\frac{m.M_{\text{Terre}}}{R_T^2}\,\overrightarrow{u_z} \Leftrightarrow \vec{g} = -G\,\frac{M_{\text{Terre}}}{R_T^2}\,\overrightarrow{u_z}$$

$\overrightarrow{u_Z}$: vecteur unitaire dirigé verticalement vers le haut

M_T : masse de la Terre en kg

R_T : rayon de la Terre en m

• Le champ de pesanteur $\vec{g}$ est un champ vectoriel dont les lignes de champ sont orientées vers le centre de la Terre.

• Localement, sur une surface réduite (≈ 1 km²), on peut considérer que le champ de pesanteur est uniforme : $\vec{g} = \overrightarrow{cst}$.

Lieu	g ($N.kg^{-1}$)
Paris	9,81
Équateur	9,78
Pôles	9,83

Valeur de l'intensité de pesanteur à différents endroits de la Terre

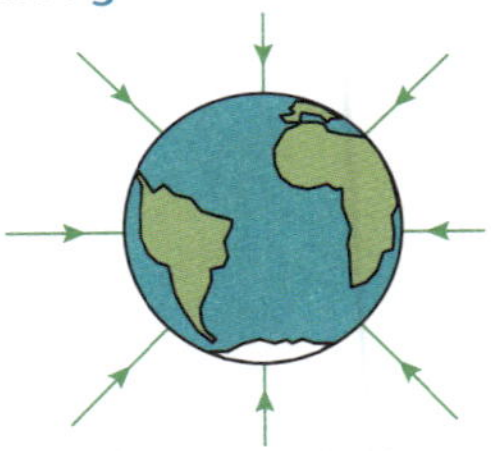

Représentation des lignes de champ du champ de pesanteur terrestre

• Le champ de pesanteur n'a pas tout à fait la même valeur car la Terre n'est pas une sphère parfaite : elle est aplatie aux pôles et renflée au niveau de l'équateur.

• La force d'attraction gravitationnelle exercée par la Terre dans son voisinage immédiat est appelée **poids** :

$\vec{g}$ s'exprime en $N.kg^{-1}$ ou $m.s^{-2}$. g correspond aussi à une accélération.

$$\vec{F} = \vec{P} = m\vec{g}$$

$\vec{F}$: force d'interaction gravitationnelle en N

$\vec{P}$: poids de l'objet en N

m : masse de l'objet en kg

$\vec{g}$: intensité de pesanteur ou champ de pesanteur en $N.kg^{-1}$

• On peut déterminer le champ de pesanteur sur un astre quelconque si on connaît son rayon et sa masse. Sur la Lune :

$g = G\frac{M_L}{R_L^2}$ avec M_L la masse de la Lune en kg et R_L le rayon de la Lune.

Interaction coulombienne et champ électrique

FICHE 27

L'interaction électrique permet d'assurer la cohésion de l'atome, l'interaction gravitationnelle est négligeable à cette échelle. Cependant, à cause de la neutralité de la matière, les interactions électriques se compensent à l'échelle macroscopique.

I Électrisation par frottements

- On peut **électriser un isolant par frottements**, les charges électriques créées restent localisées sur une partie du solide. Dans un **conducteur, les charges se répartiront sur toute la surface**.
- La charge électrique d'un corps se mesure en coulomb (C), elle se note souvent q (→ *voir fiche 33*).
- Le proton et l'électron portent des charges électriques opposées :

$q_{\text{proton}} = 1,60 \times 10^{-19}$ C et
$q_{\text{électron}} = -1,60 \times 10^{-19}$ C.

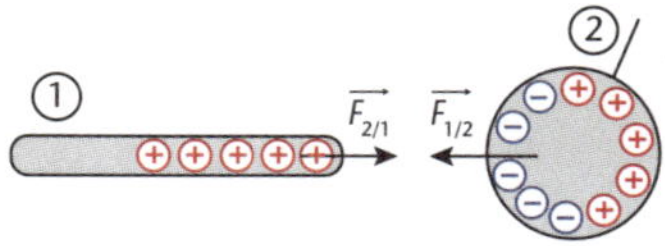

Interaction coulombienne attractive entre une boule d'aluminium et une tige en verre frottée

- Une tige en verre (isolant) frottée et chargée positivement peut attirer une boule d'aluminium (conducteur). En effet, les électrons libres de la boule vont s'accumuler du côté de la tige et créer une **interaction électrique ou interaction coulombienne** attractive.

II Interaction coulombienne

- L'interaction électrique entre deux corps A et B de charge q_A et q_B peut être :
  - attractive si q_A et q_B sont de signes opposés ;
  - répulsive si q_A et q_B sont de même signe.
- Cette interaction électrostatique (appelée également loi de Coulomb) a pour expression :

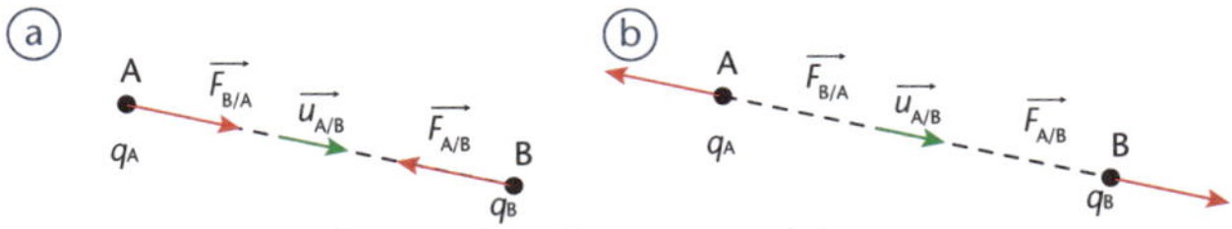

Interaction électromagnétique dans le cas attractive (a) et répulsive (b)

$$\overrightarrow{F_{A/B}} = k\frac{q_A \cdot q_B}{d_{AB}^2}\overrightarrow{u_{AB}}$$

$\overrightarrow{F_{A/B}}$: force coulombienne en N
k : constante d'interaction coulombienne, $k = 9{,}0 \times 10^9$ N.m^2.C^{-2}
q_A et q_B : charge des corps A et B en C
d_{AB} : distance entre les points A et B en m
$\overrightarrow{u_{AB}}$: vecteur unitaire orienté de A vers B (→ *voir schéma*)

Ⅲ Champ électrique

- En raisonnant de la même manière que pour le champ gravitationnel, une charge q_A crée un champ électrostatique $\vec{E}$ ayant pour expression :

$$\vec{E} = \frac{\vec{F}}{q_B} = k\frac{q_A}{d_{AB}^2}\vec{u}$$

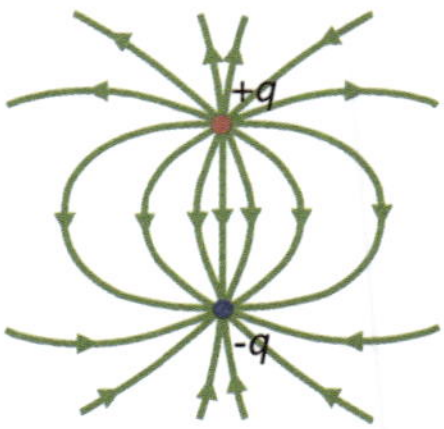

Lignes de champ électrostatique créées par deux charges ponctuelles $+q$ et $-q$

$\vec{E}$ champ électrique en N.C^{-1} ou V. m^{-1}
$\vec{u}$: vecteur unitaire
(k, q_A, q_B, $\vec{F}$ et d_{AB} : voir l'expression précédente.)

- Par convention, **les lignes de champs sont orientées de la charge positive vers la charge négative**.

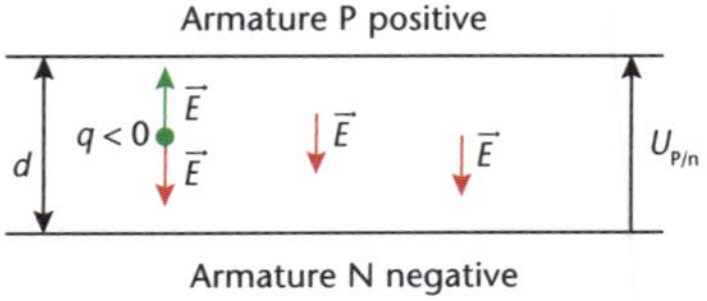

Force électrique subie par une particule chargée

- Entre deux plaques chargées, on peut considérer le champ comme uniforme :

$$E = \frac{U_{PN}}{d} = \frac{V_P - V_N}{d}$$

E : champ électrique en V. m^{-1}
U_{PN} : tension électrique entre les deux plaques en V
d : distance entre les deux plaques en m

- Une particule de charge q plongée dans un champ électrique $\vec{E}$ subira une force électrique telle que $\vec{F} = q\vec{E}$.

Interaction entre deux protons à l'intérieur d'un noyau d'hélium

On considère le noyau de l'atome d'hélium $^{4}_{2}He$. Les deux protons présents dans le noyau d'hélium sont séparés d'une distance de l'ordre de d = 1,0 fm (1 fm = 10^{-15} m).

Données :

– charge d'un proton : $q = 1{,}6 \times 10^{-19}$ C ;
– masse du proton : $m_p = 1{,}67 \times 10^{-27}$ kg ;
– constante de gravitation : $G = 6{,}67 \times 10^{-11}$ N.m².kg⁻² ;
– constante d'interaction coulombienne $k = 9{,}0 \times 10^{9}$ N.m².C⁻².

1. Donnez la constitution de ce noyau.

2. Donnez l'expression de l'interaction gravitationnelle F_g entre les deux protons. Calculez sa valeur. Même question pour l'interaction électrique.

3. Sans soucis d'échelle, représentez ces forces sur un schéma.

4. Comparez l'interaction électrique et l'interaction gravitationnelle. Commentez le résultat.

Avant de commencer

► La notation symbolique d'un noyau est $^{A}_{Z}X$, où X est le symbole de l'élément, Z le numéro atomique et A le nombre de nucléons.

Constitution du noyau

D'après la notation symbolique du noyau d'hélium $Z = 2$, le noyau possède donc 2 protons. Le nombre de nucléons est $A = 4$: il y a donc $N = A - Z = 2$ neutrons.

Avant de commencer

► L'interaction gravitationnelle dépend de la masse des deux systèmes considérés et de la distance entre ces deux objets.
► L'interaction électrique dépend de la charge et de la distance entre ces deux objets.
► Respecter les unités du système international.

Interaction gravitationnelle et électrique

En respectant la notation de l'exercice, nous avons pour l'interaction gravitationnelle :

$$F_g = G\frac{m_p^2}{d^2} \Leftrightarrow F_g = 6{,}67 \times 10^{-11} \times \frac{(1{,}67 \times 10^{-27})^2}{(1{,}0 \times 10^{-15})^2} = 1{,}9 \times 10^{-34}\ \text{N}$$

Pour l'interaction électrique, l'expression devient :

$$F_e = k\frac{q^2}{d^2}$$

$$F_e = 9{,}0 \times 10^9 \times \frac{(1{,}6 \times 10^{-19})^2}{(1{,}0 \times 10^{-15})^2}$$

$$= 2{,}3 \times 10^2\ \text{N}$$

Astuce

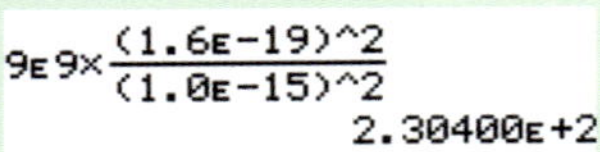

Ne pas hésiter à utiliser les fonctionnalités de la calculatrice (touche 2D, touche de raccourci e ou x10) pour effectuer ce genre de calcul.

Avant de commencer

- Les forces sont modélisées par des vecteurs.
- Ne pas oublier de nommer les forces.

Représentation des forces

L'interaction gravitationnelle est toujours attractive, ce qui n'est pas le cas de l'interaction colombienne. Les deux protons ayant des charges de même signe, la force électrique est répulsive.

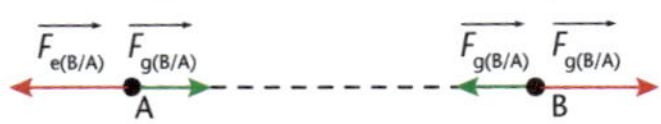

Avant de commencer

- Une comparaison de deux grandeurs nécessite un rapport en physique.

Comparaison des forces

On détermine le rapport des deux forces :

$$\frac{F_e}{F_g} = \frac{2{,}3 \times 10^2}{1{,}9 \times 10^{-34}} \approx 10^{36}.$$

La force gravitationnelle est négligeable devant la force électrique.

Grandeurs de description d'un fluide au repos

FICHE 29

• Dans un fluide, les entités ont une certaine liberté de mouvement, elles peuvent glisser les unes sur les autres dans les liquides ou se déplacer indépendamment les unes des autres dans les gaz. Un fluide prend toujours la forme du récipient qui le contient.

• Les grandeurs macroscopiques, comme la température et la pression, permettent de décrire l'état microscopique d'un fluide.

I Notion de température

• La température est une grandeur physique macroscopique permettant de décrire l'agitation des entités constituant le fluide.

• Ainsi, plus la température d'un fluide est élevée, plus le mouvement des molécules est rapide et désordonné.

• Au niveau microscopique la température est liée à l'énergie cinétique (→ *voir fiche 38*) des molécules du gaz.

• La température dans le système international se mesure en kelvin :

$T = \theta + 273{,}15$ — T température en kelvin (K)
θ température en degré (°C)

• Pour mesurer une température, on utilise un thermomètre. Il en existe de plusieurs sortes : à gaz, à liquide, de Galilée, électronique…

• Les thermomètres à liquide, comme le thermomètre de Galilée, utilisent les phénomènes de dilatation : **un corps augmente de volume si sa température augmente**.

Thermomètre de Galilée

II Notion de pression

• L'agitation des entités induit des chocs contre les parois d'un récipient. Il en résulte une **force pressante perpendiculaire à la paroi et dirigée vers l'extérieur**.

• Cette force est d'autant plus grande que la vitesse des particules, leur nombre et leur masse sont élevés.

- La **pression** P se définit à partir de cette force pressante :

$$P = \frac{F}{S}$$

P : pression en pascal (Pa)
F : force pressante en N
S : surface de la paroi en m^2

> Le **bar** est aussi une **unité de pression** souvent utilisé : 1 bar = 105 Pa. 1 bar correspond à peu près au poids exercé par 1 kg sur 1 cm^2.

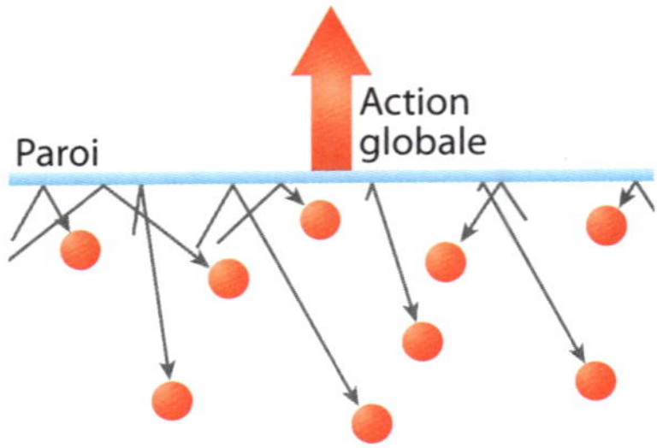

Le choc des molécules contre une paroi provoque une force pressante

- La pression peut se définir également comme le poids de la colonne d'air par unité de surface qui se situe au-dessus de nous.

- Pour notre atmosphère terrestre, P_{atm} = 1 013 hPa (soit environ 1 bar) au niveau de la mer à une température de 0 °C.

- $P_{atm} \approx 1$ bar, il s'exerce donc environ 1 kg sur chaque cm^2 de notre peau. Cependant, nous ne ressentons rien, car il règne la même pression à l'intérieur de notre corps.

III Masse volumique d'un fluide

- La **masse volumique** se détermine de la façon suivante :

$$\rho = \frac{m}{V}$$

ρ : masse volumique en $g.mL^{-1}$
m : masse du fluide en g
V : volume du fluide en mL

- La masse volumique d'un liquide et d'un gaz dépend fortement de la température :
  - une augmentation de la température d'un liquide provoque sa dilatation, ce qui diminue sa masse volumique ;
  - les gaz se dilatent beaucoup plus que les liquides.

- La masse volumique d'un gaz dépend de la pression, les liquides sont considérés dans notre cadre d'étude comme étant **incompressible : la masse volumique ρ est alors constante**.

Loi fondamentale de la statique des fluides

FICHE 30

Pour un gaz (fluide compressible), la pression augmente si on diminue son volume. Dans les liquides, la pression va dépendre de la hauteur du fluide.

I Loi de Boyle-Mariotte

• Loi de Boyle-Mariotte : pour une quantité de matière *n* donnée d'un gaz à température *T* constante, le produit *P. V* de la pression par le volume est constant lors de la compression ou de la détente.

$$P.\ V = \text{cste}$$

• Pour deux états 1 et 2 d'un gaz, la température du gaz *T* et sa quantité de matière *n* étant constant, on a :

$$P_1V_1 = P_2V_2$$

• Par exemple, on considère un récipient à une pression de 1,0 bar pour un volume de 6,0 L. On peut déterminer la pression si le volume est réduit à 2,0 L :

$$P_2 = \frac{P_1V_1}{V_2} = \frac{1{,}0 \times 6{,}0}{2{,}0} = 3{,}0 \text{ bar.}$$

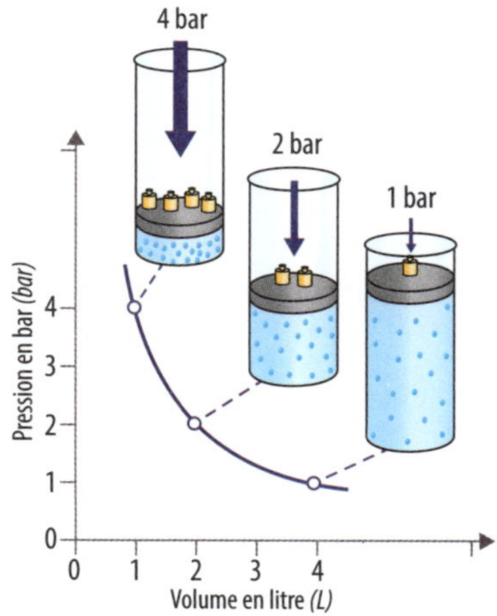

Loi de Boyle-Mariotte, la courbe obtenue $P = f(V)$ est une fonction inverse : $P(V) = \frac{a}{V}$.

• Cette loi est valable également si le gaz est considéré comme parfait. Dans le modèle du gaz parfait :
- les atomes ou les molécules du gaz ont un volume négligeable ;
- les chocs sont les seules interactions qui existent entre les entités du gaz.

Remarque : l'application de la loi de Boyle-Mariotte ne nécessite pas le respect des unités du système international.

- La loi de Boyle-Mariotte est utilisée par :
– les plongeurs : elle permet de connaître la durée de leur plongée ;
– les personnels utilisant des appareils respiratoires.

- Les ballons-sondes envoyés dans les hautes couches de l'atmosphère sont toujours peu gonflés au sol, car ils vont augmenter de volume : la pression de l'air étant beaucoup plus faible à haute altitude.

Ballon-sonde

II Pression dans les liquides

- **Si le liquide est considéré comme incompressible**, la pression P est donnée par la relation

$$P = P_{atm} + \rho_{liquide}.g.h$$

P : pression à l'intérieur du liquide en Pa

P_{atm} : pression de l'air au-dessus du liquide en Pa

$\rho_{liquide}$: masse volumique du liquide en $kg.\,m^{-3}$

g : intensité de pesanteur, $g = 9{,}81\ N.\,kg^{-1}$

h : hauteur du liquide en m

Remarque : dans l'absolu, les liquides sont toujours légèrement compressibles. Ainsi, les ondes sonores peuvent se propager dans les liquides.

- Ainsi **la différence de pression entre deux points dans un liquide dépend de la différence de profondeur**.

- On peut vérifier que le terme $\rho_{liquide}.g.h$ est bien homogène à une pression :

$$[\rho \times g \times h] = \frac{kg}{m^3} \times \frac{N}{kg} \times m = \frac{N}{m^2} = Pa$$

- Ainsi, lors d'une plongée, nous pouvons avoir une estimation de l'augmentation de pression dès que l'on descend de 10 m :

$$\rho_{liquide}.g.h = 1{,}00 \times 10^3 \times 9{,}81 \times 10{,}0 = \mathbf{9{,}81 \times 10^4\ Pa \approx 1\ bar.}$$

- Lors d'une sortie en plongée, la pression dans l'eau augmente de 1 fois la pression de l'air dès que l'on descend de 10 m.

Force et vecteur variation de vitesse

FICHE 31

Comment varie la vitesse d'un objet, si les forces qui s'exercent sur lui ne se compensent pas ? Le langage de programmation sous Python peut être très utile pour répondre à ce problème.

I Vecteur vitesse

- La vitesse instantanée $\overrightarrow{v_G}$ de déplacement d'un point G peut être définie par :

$$\overrightarrow{v_G} = \frac{\overrightarrow{MM'}}{\Delta t}$$

$\overrightarrow{v_G}$: vitesse du point G en m · s^{-1}
$\overrightarrow{MM'}$: M et M' sont les positions successives à des instants voisins séparés de Δt en m
Δt : intervalle du déplacement en s

- Dans un référentiel terrestre, on repère la trajectoire de ce point G lancé avec une vitesse initiale horizontale.

Simulation d'une chute libre avec vitesse initiale, le vecteur vitesse est représenté entre chaque position de l'objet.

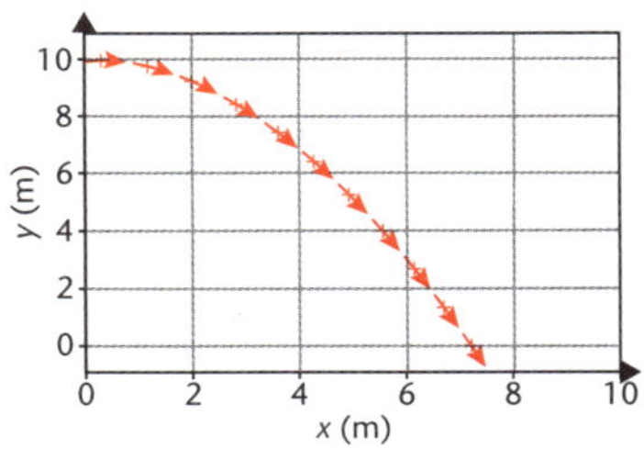

- Le vecteur vitesse est déterminé grâce au langage de programmation de Python :

Un objet est en chute libre s'il n'est soumis qu'à son propre poids.

```
for i in range(len(x)–1) :
  plt. annotate(«», xy = ((x[i+1]+x[i])/2 + (x[i+1]–x[i]),
                  (y[i+1]+y[i])/2 + (y[i+1]–y[i])),
              xytext = ((x[i+1]+x[i])/2, (y[i+1]+y[i])/2),
              arrowprops = dict(arrowstyle = "–|>,
head_length = 1, head_width =.5 »,
                    color = 'blue', lw = 1))
```

- D'après le principe d'inertie, si le mouvement est varié, alors les forces qui s'exercent sur le système ne se compensent pas ($\sum \overrightarrow{F_{ext}} \neq \vec{0}$).

II Vecteur variation de vitesse

• Le **vecteur variation de vecteur vitesse** $\Delta\vec{v}$ traduit l'évolution du vecteur vitesse $\vec{v}$ entre deux positions successives. Il peut se définir ainsi :

$$\Delta\vec{v} = \vec{v_G}(t + \Delta t) - \vec{v_G}(t)$$

$\vec{v_G}(t)$ et $\vec{v_G}(t + \Delta t)$: vitesse du point considéré à l'instant t et $t + \Delta t$

• Pour un mouvement rectiligne uniforme, le vecteur variation de vitesse est nul $\vec{v} = \vec{0}$.

• Cette variation de vitesse s'écrit ainsi sous Python :

```
for j in range(1, len(x2)–1) :
    plt. annotate(«», xy = (x2[j] + ((x2[j+1]–x2[j]) – (x2[j]–x2[j–1]))*5,
y2[j] + ((y2[j+1]–y2[j]) – (y2[j]–y2[j–1]))*5),
                        xytext = (x2[j], y2[j]),
                    arrowprops = dict(arrowstyle = "-|>, head_length = 1,
head_width =.5 », color = 'red', lw = 1))
```

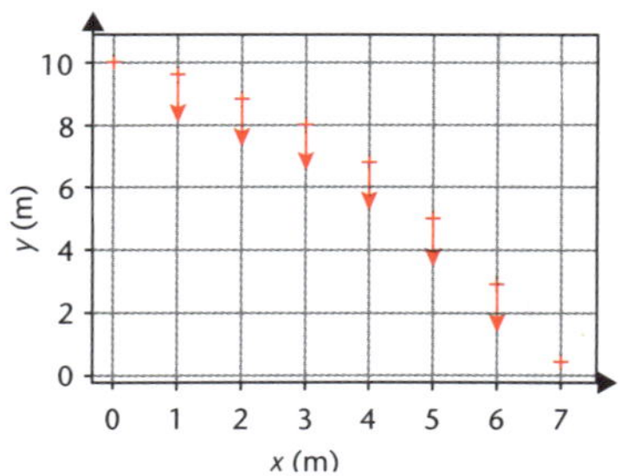

Simulation d'un objet en chute libre, la variation de la vitesse $\Delta\vec{v}$ est représentée en rouge.

• Sur cette simulation, on constate que le vecteur variation de vitesse est colinéaire au poids de l'objet $\vec{P}$.
• Dans le cas général, le vecteur variation de vitesse $\Delta\vec{v}$ est colinéaire à la somme des forces extérieures $\sum\vec{F_{ext}}$ (même sens et même direction).
• La réciproque est également vraie : **la détermination de la somme des forces $\sum\vec{F_{ext}}$ permet de déterminer le vecteur variation de vitesse $\Delta\vec{v}$.**
• Le rôle de la masse est important : plus elle est élevée, moins la vitesse varie rapidement. Il est plus difficile d'accélérer à vélo si l'on a quelqu'un sur le porte-bagage.
• Le cas de la chute libre constitue une exception : la masse de l'objet n'a aucune influence sur la vitesse et la variation de la vitesse.

BILAN

Description d'un fluide au repos et mouvement d'un système

FICHE 32

QUIZ-Mémorisation active

Questions	Indices	Réponses
Quelles grandeurs macroscopiques peuvent décrire l'état microscopique d'un fluide ?	Une grandeur est liée à l'agitation des entités, l'autre au choc contre la paroi.	La température et la pression.
À quelle énergie mécanique est liée la température d'un gaz ?	La température correspond à une forme d'énergie des entités du gaz.	La température est liée à l'énergie cinétique.
Qu'est-ce que le modèle du gaz parfait ?	Ce cas correspond au modèle idéal d'un gaz.	Les atomes ou les molécules du gaz ont un volume négligeable. Les chocs sont les seules interactions qui existent entre les entités du gaz.
La pression atmosphérique est d'environ 1,0 bar, soit $1{,}0 \times 10^5$ Pa. Quelle force exerce l'atmosphère sur $1{,}0\ cm^2$?	$1\ cm^2 = 10^{-4}\ m^2$.	$F = P \cdot S$ $F = 1{,}0 \times 10^5 \times 1{,}0 \times 10^{-4}$ $= 10$ N
Citez la loi de Boyle-Mariotte.	Cette relation lie la pression et le volume d'un gaz.	Pour une quantité de matière n donnée d'un gaz à température T constante, le produit $P.V$ de la pression par le volume est constant : $P.V$ = cste.
Quelle condition doit-on avoir pour appliquer la relation : $P = P_{atm} + \rho.g.h$?	Cette relation n'est pas applicable aux gaz.	Il faut que le fluide soit incompressible (ρ = cste).
Quelle est la caractéristique d'un mouvement rectiligne uniforme ?	Une grandeur vectorielle reste constante.	Lors d'un mouvement rectiligne uniforme, le vecteur vitesse est constant $\vec{v} = \vec{cst}$.
Comment définir le vecteur variation de vitesse $\overrightarrow{\Delta v}$?	Il faut réaliser une soustraction de deux vecteurs.	Entre deux points consécutifs de la trajectoire : $\overrightarrow{\Delta v} = \overrightarrow{v_G}(t + \Delta t) - \overrightarrow{v_G}(t)$
Quelle relation a-t-on entre le vecteur variation de vitesse $\overrightarrow{\Delta v}$ et la somme des forces extérieures $\sum \overrightarrow{F_{ext}}$?	Une force modifie la trajectoire d'un objet.	$\overrightarrow{\Delta v}$ est colinéaire à $\sum \overrightarrow{F_{ext}}$ (même sens et même direction).

SCHÉMA-BILAN

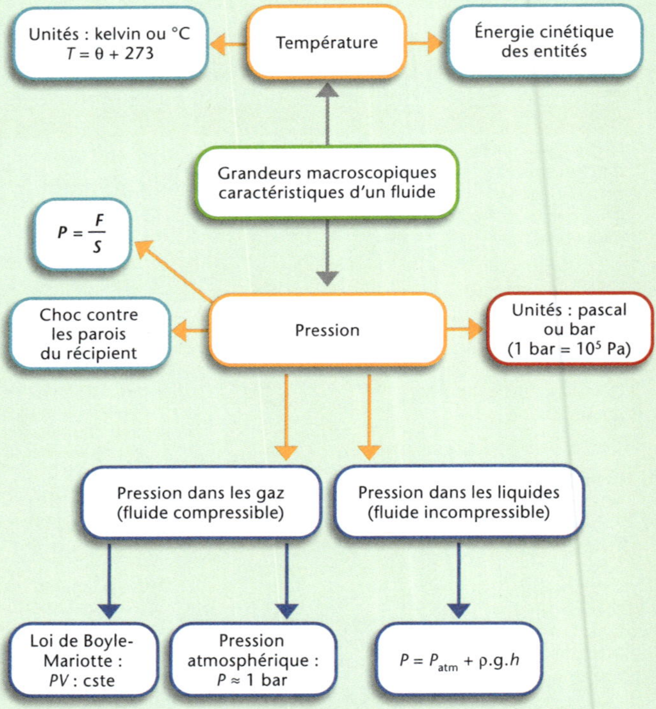

Débit de charges et sources de tension

FICHE 33

Le courant électrique correspond à un débit de charges. Dans les métaux, les électrons libres assurent le passage du courant.

I Intensité électrique

1. Charge électrique

- La charge électrique est une **grandeur algébrique (donc positive ou négative)** qui se mesure en coulomb (C). Elle vérifie les propriétés suivantes :
– la charge est une **grandeur additive** $q = q_1 + q_2$;
– la charge électrique est une **grandeur conservative** ;
– le fait d'attribuer un signe + et un signe – est une pure convention.

- L'électron étant une particule élémentaire, la charge d'un corps électrisé est forcément un multiple de la charge élémentaire q_e.
$q_e = -1{,}60 \times 10^{-19}$ **C**.

Exemple : un corps électrisé de charge $q = 9{,}65 \times 10^4$ C possède 1 mol de porteurs de charge :
$$\frac{9{,}65 \times 10^4}{1{,}60 \times 10^{-19}} = 6{,}02 \times 10^{23} = 1 \text{ mol.}$$

2. Courant électrique

- Le courant électrique est le déplacement ordonné d'un ensemble de particules chargées.

- Par convention, le sens du courant est le sens des déplacements des charges positives.

- Si l'on considère un fil conducteur de section S, l'**intensité I du courant électrique** se définit par :

$$I = \frac{\Delta q}{\Delta t}$$

I : intensité du courant électrique en A
Δq : charge traversant la section S du fil pendant un temps Δt en C
Δt : temps en s

- Pour comprendre l'intensité du courant, on fait souvent l'analogie avec le débit volumique d'une rivière.
Le débit D est le rapport entre le volume ΔV qui traverse une section S pendant un temps Δt.
$$D = \frac{\Delta V}{\Delta t}$$

II Sources de tension

- Un générateur est un dipôle qui convertit une énergie (chimique, mécanique, etc.) en énergie électrique.

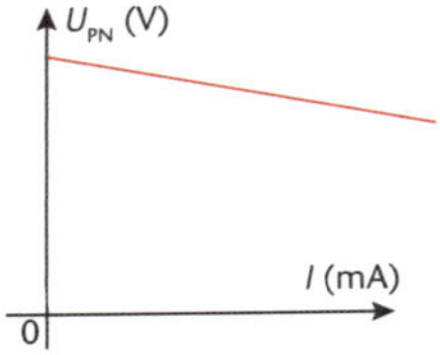

Caractéristique d'un générateur pour des faibles courants

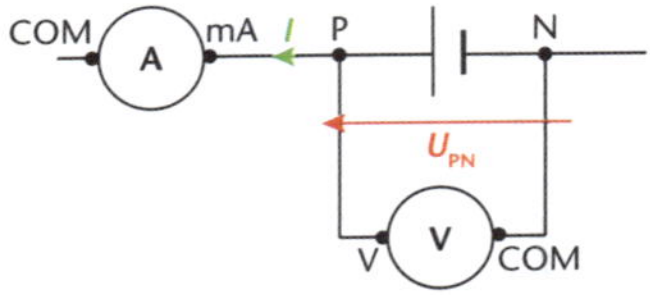

Branchement de l'ampèremètre et du voltmètre pour mesurer la tension et l'intensité du générateur

- **La tension U_{PN} aux bornes d'un générateur débitant un courant d'intensité I,** est donnée par la relation : $U_{PN} = E - r \cdot I$ où E est la force électromotrice (en V), tension que délivre le générateur lorsque $I = 0$ et r la résistance interne de la pile (en Ω).

Un **générateur** est un **dipôle actif** : sa caractéristique ne passe pas par l'origine.

- Une source idéale de tension est une source ayant une résistance interne nulle ($r = 0$).

- Une source de tension peut être modélisée par l'association en série d'une source idéale de tension associée avec sa résistance interne.

- La tension indiquée sur une pile est sa force électromotrice E. Lorsqu'elle débite un courant sa tension est diminuée du fait de sa résistance interne : $U_{PN} < E$.

- La résistance interne est de l'ordre d'un ohm pour une pile plate, d'un centième d'ohm pour un accumulateur.

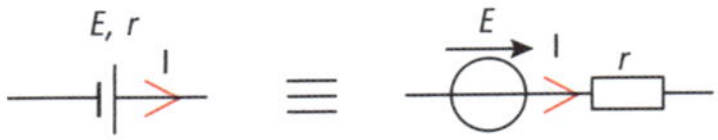

Modélisation de source de tension

- L'intensité de court-circuit I_{CC} correspond à une tension nulle aux bornes du générateur : $U_{PN} = 0$.

$$I_{CC} = \frac{E}{r}$$

I_{CC} : intensité de court-circuit en A
E : force électromotrice en V
r : résistance interne en Ω

Puissance et énergie électrique

FICHE 34

Les générateurs fournissent une énergie électrique que les récepteurs électriques convertissent sous une autre forme d'énergie (énergie mécanique, chimique).

I Puissance électrique

1. Puissance aux bornes d'un dipôle quelconque

• La puissance électrique P aux bornes d'un dipôle se détermine à partir de la tension U aux bornes du dipôle et de l'intensité I le traversant :

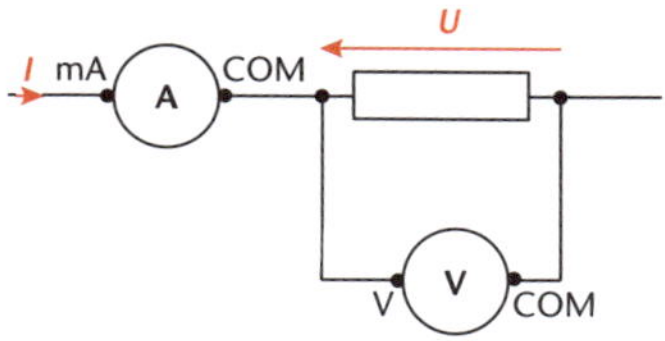

Branchement de l'ampèremètre et du voltmètre pour mesurer la tension et l'intensité du conducteur ohmique

$$P = U \cdot I$$

P : puissance électrique en watt (W)
U : tension aux bornes du dipôle en V
I : intensité du courant électrique en A

• La puissance des appareils électriques que nous utilisons quotidiennement ont des puissances électriques très variées :

Dispositifs de la vie courante	Puissance moyenne	Dispositifs de la vie courante	Puissance moyenne
Téléphone portable	5 W	Fer à repasser	2 000 W
Ampoule basse consommation	5 W	Machine à laver	3 000 W
Ampoule à incandescence (ancienne génération)	100 W	Train Thalys	8 800 kW
Réfrigérateur	200 W	Éclair	20 GW

2. Puissance aux bornes d'une résistance

• Comme une résistance satisfait la loi d'ohm ($U = R.I$), la puissance dégagée par un conducteur ohmique est :

$$P = R \cdot I^2 = \frac{U^2}{R}$$

P : puissance électrique en watt (W)
U : tension aux bornes de la résistance en V
I : intensité du courant électrique traversant la résistance en A
R : résistance électrique en Ω

• La puissance dégagée par un conducteur ohmique s'effectue sous forme de chaleur : c'est l'effet joule. Toutes les résistances traversées par un courant s'échauffent.

• Les fusibles, les plaques chauffantes, les convecteurs électriques utilisent l'effet joule pour fonctionner.

• L'**effet joule** est souvent un **effet non désiré**, il correspond souvent à une **perte énergétique**.

• Les ordinateurs disposent par exemple de systèmes pour évacuer la chaleur dégagée par effet joule des composants électriques.

II Énergie électrique

• L'énergie électrique E consommée ou fournie par un dipôle se détermine à partir de la puissance :

$$E = P \cdot \Delta t$$

E : énergie électrique en joule (J)
P : Puissance électrique en W
Δt : temps de fonctionnement de l'appareil en s

• L'énergie dégagée par effet joule pour une résistance sera donc :

$$E = R \cdot I^2 \,.\, \Delta t$$

E : énergie dégagée par effet joule (en J)
R : résistance électrique en Ω
I : intensité du courant électrique traversant la résistance en A
Δt : temps de fonctionnement de l'appareil en s

• Sur les factures d'électricité, le fournisseur indique l'énergie électrique consommée en kW.h et non en joule : 1 kW.h = $3{,}6 \times 10^6$ J.

• Une machine à laver de 3 kW fonctionnant pendant 2 heures dépensera une énergie électrique $E = 3 \times 2 = 6$ kW.h.

Rendement d'un convertisseur

FICHE 35

Les générateurs et les récepteurs électriques sont également des convertisseurs d'énergie. Des pertes inévitables, comme l'effet joule, apparaissent toujours dans les dipôles.

I Définition du rendement électrique

- Le rendement d'un dipôle électrique se définit comme le rapport de l'énergie utile par l'énergie consommée :

$$\eta = \frac{E_{utile}}{E_{consommée}} = \frac{P_{utile} \cdot \Delta t}{P_{consommée} \cdot \Delta t}$$

$$\eta = \frac{P_{utile}}{P_{consommée}}$$

η : rendement souvent exprimé en %

E_{utile} ou P_{utile} : énergie ou puissance convertie par le dipôle électrique en J ou en W

$E_{consommée}$ ou $P_{consommée}$: énergie ou puissance consommée par le dipôle électrique en J ou en W

- Le rendement d'un dipôle électrique peut donc se faire à partir d'un bilan d'énergie ou d'un bilan de puissance.
- Une résistance convertit entièrement son énergie électrique sous forme de chaleur, son rendement est $\eta = 100$ %.
- Pour tous les autres composants électriques où l'effet joule n'est pas recherché, le rendement ne sera jamais total ($\eta < 100$ %).

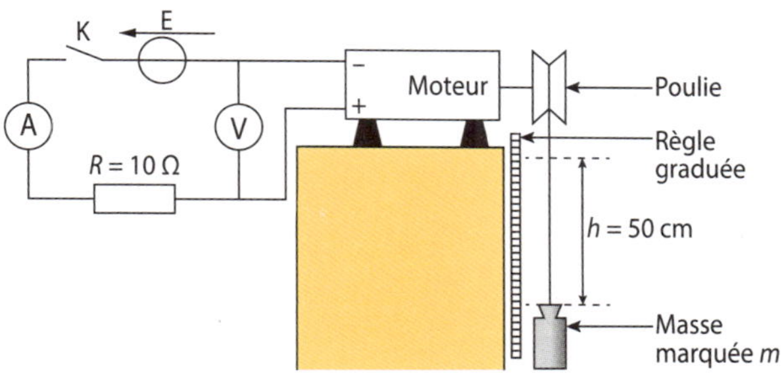

Dispositif permettant de déterminer le rendement d'un moteur

II Rendement d'un moteur électrique

- Un moteur électrique est un récepteur qui convertit de l'énergie électrique en énergie mécanique.
- Déterminer le rendement d'un moteur électrique permettra de juger sa performance.
- On détermine l'énergie mécanique nécessaire pour soulever une masse m d'une hauteur $h = 50$ cm : $E_{utile} = m \cdot g \cdot h$ (→ *voir fiche 39*)

avec m : masse en kg ; g : intensité de pesanteur, $g = 9{,}81\ N.kg^{-1}$, h : hauteur soulevée en m.

- L'énergie électrique se détermine à partir des mesures du courant, de la tension et du temps mis par le moteur pour soulever cette masse : $E_{consommée} = U \cdot I \cdot \Delta t$

avec U : tension aux bornes du moteur en V, I : intensité traversant le moteur en A, Δt : temps mis pour soulever la masse de 0,50 m.

- Ainsi, le rendement du moteur se déterminera de la façon suivante : $\eta = \dfrac{m \cdot g \cdot h}{U \cdot I \cdot \Delta t}$.
- La qualité du moteur dépend de son rendement, les meilleurs peuvent atteindre 95 %, ceux utilisés couramment ne dépasse pas 50 %.
- Les pertes par effet joule et les frottements peuvent expliquer le faible rendement d'un moteur.

III Rendement d'un générateur électrique

- D'après la définition du rendement pour un générateur électrique, nous avons :

$$\eta = \frac{P_{utile}}{P_{consommée}} = \frac{U_{PN} \cdot I}{E \cdot I} = \frac{U_{PN}}{E}$$

η : rendement du générateur électrique
U_{PN} : tension aux bornes du générateur en V
E : force électromotrice du générateur en V
I : intensité du courant délivrée par le générateur

- Les pertes sont dues à la résistance interne r du générateur (→ *voir fiche 33*), sous forme d'effet joule.
- Un faible courant et une faible résistance interne favorisent donc un meilleur rendement pour le générateur.

La puissance délivrée par le générateur est maximale si la résistance du circuit correspond à la résistance du circuit électrique ($r = R$).

BILAN

Aspects énergétiques des phénomènes électriques

FICHE 36

QUIZ-Mémorisation active

Questions	Réponses
Qu'est-ce que le courant électrique ? Quel est son sens conventionnel ?	Le courant électrique est le déplacement ordonné d'un ensemble de particules chargées. Par convention, le sens du courant est le sens des déplacements des charges positives.
Définissez l'intensité du courant électrique.	L'intensité I du courant électrique se définit par : $I = \frac{\Delta q}{\Delta t}$ I : intensité du courant électrique en ; Δq : charge en C ; Δt : temps en s.
Quelle relation lie la tension aux bornes d'un générateur avec l'intensité du courant ?	$U_{PN} = E - r \cdot I$ U_{PN} tension aux bornes du générateur en V, E force électromotrice en V, r résistance interne en Ω et I intensité du courant en A.
Comment modéliser une source de tension ?	Une source de tension peut être modélisée par l'association en série d'une source idéale de tension associée avec sa résistance interne. 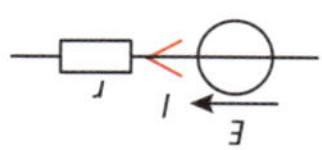
Comment définir la puissance électrique ?	$P = U \cdot I$ P puissance en W, U tension en V, I intensité en A
Qu'est-ce que l'effet joule ?	L'effet joule correspond à la production de chaleur par une résistance lorsqu'elle est parcourue par un courant.
Donnez l'expression de l'énergie dégagée par effet joule par une résistance R traversée par un courant I.	$E = R \cdot I^2 \cdot \Delta t$ E énergie en J, R résistance en Ω, I intensité du courant en A et Δt temps en s.

Questions	Réponses
Donnez une expression du rendement électrique.	$\eta = \frac{E_{utile}}{E_{consommée}}$ ou $\eta = \frac{P_{utile}}{P_{consommée}}$. E_{utile} ou P_{utile} : énergie ou puissance convertie par le dipôle électrique (en J ou en W). $E_{consommée}$ ou $P_{consommée}$: énergie ou puissance consommée par le dipôle électrique (en J ou en W).
Expliquez pourquoi le rendement d'un moteur n'est jamais de 100 %.	Le rendement est limité par les pertes par effet joule et les frottements mécaniques pouvant exister.
Quelles sont les pertes dans un générateur électrique ?	Les pertes sont dues à des pertes par effet joule.

SCHÉMA-BILAN

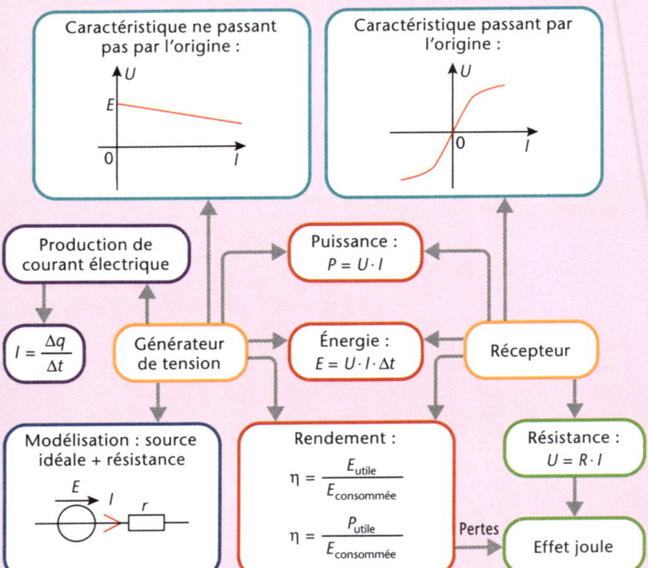

Travail d'une force

Comment obtenir la meilleure efficacité possible pour une force ? La notion de travail d'une force est nécessaire pour répondre à cette interrogation.

I Notions de travail d'une force

- Le **travail** traduit l'**efficacité** d'une force. Une force travaille si elle a un effet sur la valeur de la vitesse.
- Une force ne travaille pas si :
  - sa direction est perpendiculaire à la trajectoire de son point d'application ;
  - son point d'application ne se déplace pas.

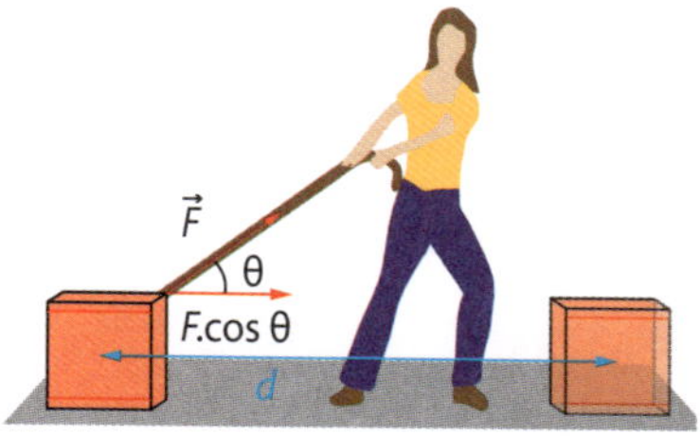

Le travail de la force exercée par cette personne sera $F.d.\cos\theta$. Son travail deviendra plus efficace si $\theta \rightarrow 0$.

- Le **travail W_{AB} d'une force constante** $\vec{F}$ dont le point d'application se déplace de A à B a pour expression :

$W_{AB}(\vec{F}) = \vec{F}\cdot\overrightarrow{AB}$

$W_{AB}(\vec{F}) = F\cdot AB\cdot\cos\theta$

$\vec{F}$: force en N
AB : distance parcourue en m
θ : angle entre les vecteurs $\overrightarrow{AB}$ et $\vec{F}$
$W_{AB}(\vec{F})$: Travail d'une force en J

- Le travail d'une force correspond à une énergie échangée, c'est une grandeur scalaire.

Le travail d'une force dépend du référentiel d'étude.

$W_{AB}(\vec{F}) > 0$	$W_{AB}(\vec{F}) = 0$	$W_{AB}(\vec{F}) < 0$
$0 < \theta < 90°$	$\theta = 90°$	$90° < \theta < 180°$
Favorise le déplacement	Aucun effet	S'oppose au déplacement
Travail moteur	Travail nul	Travail résistant

- Pour un solide en translation, la somme des travaux des forces appliquées au solide est égale au travail de leur résultante :

$$W_{AB}(\sum\overrightarrow{F_{ext}}) = W_{AB}(\vec{F_1}) + W_{AB}(\vec{F_2}) + \ldots + W_{AB}(\vec{F_i})$$

• En particulier, si le solide est en translation rectiligne uniforme, la résultante des forces est nulle (d'après le principe d'inertie), donc la somme des travaux des forces est nulle : $W_{AB}(\sum \overrightarrow{F_{ext}}) = 0$.

• Une force est dite conservative si son travail ne dépend pas du chemin suivi.

• Toutes les forces constantes sont conservatives : le poids par exemple, la force électrique dans le cas d'un champ constant.

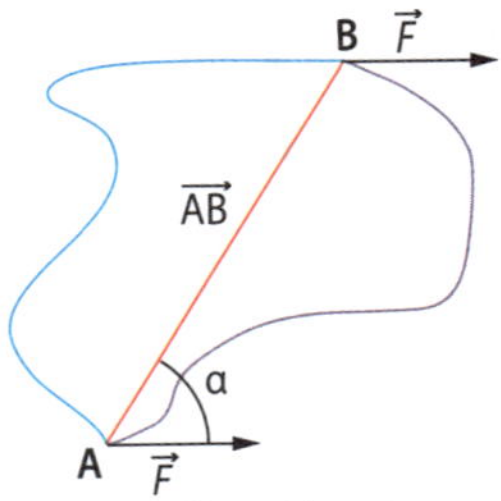

Le travail est identique dans les trois cas que la trajectoire soit rectiligne ou non.

• Dans le cas d'une trajectoire fermée, c'est-à-dire si le système revient à son point de départ :
– le travail d'une force conservative est nul ;
– le travail d'une force non conservative n'est pas nul.

II Travaux de quelques forces

1. Travail du poids dans un champ de pesanteur uniforme

• On considère le poids exercé sur l'objet ($\vec{P} = m\vec{g}$) dans un champ de pesanteur uniforme. Si le repère choisi $(O, \vec{i}, \vec{j}, \vec{k})$, l'axe O$z$ est vertical ascendant alors $\vec{P} = -mg\vec{k}$.

• Le vecteur déplacement $\overrightarrow{AB}$ a pour expression :

$$\overrightarrow{AB} = (x_B - x_A)\vec{i} + (y_B - y_A)\vec{j} + (z_B - z_A)\vec{k}.$$

• À partir des coordonnées de $\vec{P}$ et de $\overrightarrow{AB}$, on en déduit l'expression du travail du poids pour un axe Oz vertical ascendant :

$$W_{AB}(\vec{P}) = \vec{P} \cdot \overrightarrow{AB}$$

$$W_{AB}(\vec{P}) = -mg(z_B - z_A)$$

$W_{AB}(\vec{F})$: Travail du poids en J
m : masse de l'objet considéré en kg
z_A : altitude du point de départ en m
z_B : altitude du point de d'arrivée en m
g : intensité de pesanteur, $g = 9{,}81\ N.kg^{-1}$

• Si $(z_B - z_A) < 0$, le poids est résistant, sinon il est moteur dans le cas opposé.

2. Travail des forces de frottements

• Les forces de frottements $\vec{f}$ ne sont pas des forces conservatives, le travail dépend donc du chemin suivi.

• Ce travail est négatif : le système perd de l'énergie. Les frottements provoquent une diminution de la vitesse.

Théorème de l'énergie cinétique

FICHE 38

Lors d'une chute libre d'un solide, sa vitesse augmente car le travail du poids est une force motrice. Le travail lié au poids est converti en énergie cinétique.

I Énergie cinétique

- Les objets considérés, dans notre cadre d'étude, auront toujours un mouvement de translation.
- Un objet est en translation s'il reste toujours parallèle à lui-même au cours du mouvement.
- L'expression de l'énergie cinétique E_c dans le cas d'un objet en translation dans un référentiel considéré est :

$$E_C = \frac{1}{2}mv^2$$

E_C : énergie cinétique en J
m : masse de l'objet considéré en kg
v : vitesse en $m.s^{-1}$

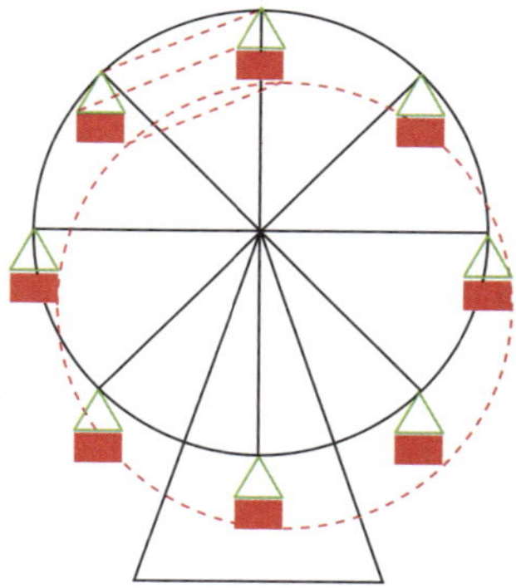

Dans une grande roue, la nacelle reste parallèle à elle-même au cours du mouvement : c'est un mouvement de translation.

- La vitesse dépend du référentiel choisi, donc l'énergie cinétique dépend elle aussi du référentiel choisi.
- L'expression de l'énergie cinétique d'un solide n'est valable que pour un mouvement de translation.
- L'expression restera valable également pour un solide en quasi-translation, c'est-à-dire si tous ses vecteurs vitesses de tous les points sont pratiquement égaux.

Exemple : une automobile peut être en quasi-translation si on fait abstraction des roues.

Unité : dans les unités du système international
$1\ J = 1\ kg.m^2.s^{-2}$

II Énoncé du théorème de l'énergie cinétique

- Ce théorème peut être abordé d'une façon qualitative :
– si la force est motrice ($0 < (\overrightarrow{AB}, \vec{F}) < 90°$), la vitesse de l'objet augmente donc son énergie cinétique également ;
– si la force est résistante, l'énergie cinétique diminue.

- La variation de l'énergie cinétique d'un solide de masse m en mouvement de translation entre deux points A et B dans un référentiel galiléen est égale à la somme des travaux des forces extérieures qui s'appliquent sur le solide lors de son déplacement :

$$\frac{1}{2}mv_B^2 - \frac{1}{2}mv_A^2 = \sum W_{AB}(\overrightarrow{F_{ext}})$$

m : masse de l'objet considéré en kg
v_A : vitesse du point de départ en $m.s^{-1}$
v_B : vitesse du point d'arrivée en $m.s^{-1}$
$\sum W_{AB}(\overrightarrow{F_{ext}})$: somme des travaux des forces extérieures en J

- Un **référentiel est galiléen si le principe d'inertie s'applique**, c'est-à-dire que si le solide est immobile ou en mouvement rectiligne uniforme, alors les forces se compensent $\sum \overrightarrow{F_{ext}} = \vec{0}$.

III Application au cas de la chute libre

- Un objet est en chute libre si seul le poids $\vec{P}$ s'exerce sur le système considéré. On peut négliger dans ce cas les forces de frottements $\vec{f}$.

- On considère l'exemple d'un solide qui tombe d'une hauteur h en chute libre $z_B - z_A = -h$, sans vitesse initiale ($v_A = 0$).

- L'application du théorème de l'énergie cinétique donne :

$$\frac{1}{2}mv_B^2 - \frac{1}{2}mv_A^2 = W_{AB}(\vec{P}) \text{ soit } \frac{1}{2}mv_B^2 = -mg(z_B - z_A) = -mg(-h)$$

- Après simplification par la masse m, nous obtenons l'expression de la vitesse

$$v_B = \sqrt{2gh}$$

v_B : vitesse de chute en $m.s^{-1}$
g : intensité de pesanteur, $g = 9{,}81\ N.kg^{-1}$
h : hauteur de chute en m

- **Dans le cas d'une chute libre, la vitesse est indépendante de la masse du système.**

- Expérimentalement, la vitesse est toujours inférieure, car on doit tenir compte des forces de frottements $\vec{f}$: $W_{AB}(\vec{f}) < 0$.

Énergie potentielle et énergie mécanique

FICHE 39

On peut définir une énergie liée à l'altitude de l'objet et dérivant du poids : **l'énergie potentielle de pesanteur**. Lorsque l'objet chute, cette énergie est convertie en énergie cinétique. Les oscillations d'un pendule peuvent s'expliquer à partir de ces variations d'énergie.

I Énergie potentielle de pesanteur

- Le travail d'une force conservative (→ *voir fiche 37*) peut être défini comme la variation d'une énergie appelée énergie potentielle :

$\Delta E_p = E_p(B) - E_p(A) = -W_{AB}(\vec{F})$

ΔE_p : variation de l'énergie potentielle en J
$E_p(B)$: énergie potentielle du point d'arrivée en J
$E_p(A)$: énergie potentielle du point de départ en J
$W_{AB}(\vec{F})$: travail de la force conservative en J

- L'expression de l'énergie potentielle de pesanteur E_{pp} de l'objet de masse m dont le centre de gravité se situe à une altitude z se détermine à une constante près (cste) :

$E_{pp} = m \cdot g \cdot z + \text{cste}$

E_{pp} : énergie potentielle de pesanteur (en J) ;
m : masse du solide en kg
g : intensité de pesanteur en $N.kg^{-1}$
z : altitude du solide en m

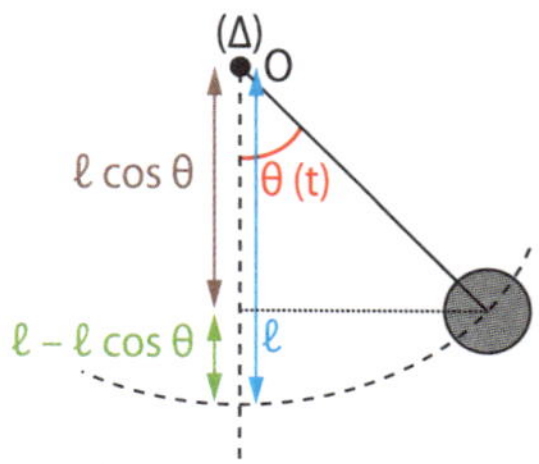

Variation de l'altitude de la masse pour un pendule simple $\Delta z = \ell - \ell \cos \theta$

- En général, on choisit une énergie potentielle nulle lorsque l'altitude est nulle : $E_{pp}(z = 0) = 0 \Leftrightarrow \text{cste} = 0$.

- Lors du déplacement du système d'une altitude $z_{initial}$ à une altitude z_{final}, la variation d'énergie potentielle :

$$\Delta E_{pp} = E_{pp}(\text{finale}) - E_{pp}(\text{initiale}) = mg \cdot (z_{final} - z_{initial}).$$

- Cette variation est positive lorsque l'objet prend de l'altitude et négative lorsqu'il en perd.

- Un **pendule simple** est le cas idéal du pendule : la masse du fil est négligée, la masse accrochée est de petites dimensions. Son étude se ramène au mouvement du centre d'inertie de la masse.

• Lorsqu'on écarte le pendule de sa position d'équilibre, il acquiert une énergie potentielle de pesanteur :
$E_{pp} = m \cdot g \cdot (\ell - \ell \cos \theta) = m \cdot g \cdot \ell \cdot (1 - \cos \theta)$

II Énergie mécanique d'un système

1. Expression de l'énergie mécanique

• L'énergie mécanique E_m est la somme de l'énergie potentielle de pesanteur E_{pp} et de l'énergie cinétique du système E_c : $E_m = E_{pp} + E_c$.

• Si les forces de frottements sont **nulles ou négligeables**, il y a **conservation de l'énergie mécanique** du système (E_m = cste). Le système est isolé.

• Dans le cas, d'une chute libre, le système peut être considéré comme isolé, on peut montrer que la vitesse acquise est : $v_B = \sqrt{2gh}$ (→ *voir fiche 38*).

• Si les frottements $\vec{f}$ ne sont pas négligeables, l'énergie mécanique du système ne fait que diminuer. Le système n'est pas isolé, il transfère de l'énergie au milieu extérieur.

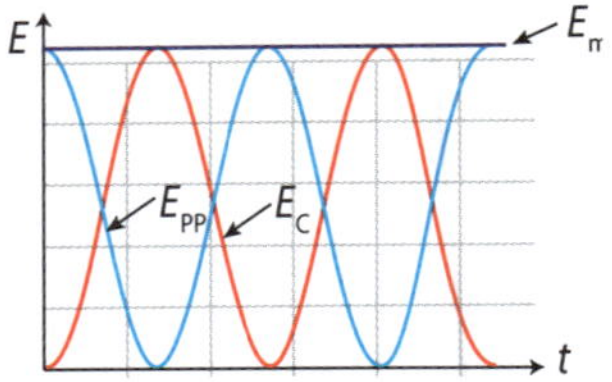

Lors des oscillations d'un pendule simple, il y a échange entre l'énergie cinétique et l'énergie potentielle de pesanteur

2. Cas du pendule simple

• Dans le cas du pendule simple sans frottement, la conservation de l'énergie mécanique permet d'écrire :

$E_C(A) + E_{PP}(A) = E_C(B) + E_{PP}(B)$

où B le point d'équilibre du pendule et A est le point d'altitude maximale atteint par le pendule.

• À la position d'équilibre, $E_{pp}(B) = 0$ et au point d'altitude maximale $E_C(A) = 0$.

• L'expression de la vitesse devient dans ce cas :

$v_B = \sqrt{2g\ell(1 - \cos\theta)}$

V_B : vitesse du pendule (en $m.s^{-1}$) ;
ℓ : longueur du pendule (en m) ;
g : intensité de pesanteur (en $N.kg^{-1}$)
θ : angle par rapport à la position d'équilibre

Saut d'un plongeur

Dans cet exercice, on considère que le plongeur est en chute libre et que les mouvements de rotation du plongeur ne perturbent pas le mouvement de son centre d'inertie G. On note y_0 l'ordonnée du centre d'inertie du plongeur juste avant le saut et $\overrightarrow{v_0}$ sa vitesse initiale.

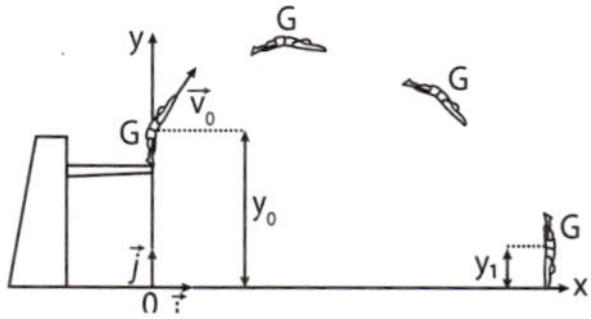

On donne : $v_0 = 4{,}0$ m. s^{-1}, $y_0 = 4{,}0$ m, $m = 70$ kg et g = 9,80 m. s^{-2}. On précise que l'énergie potentielle E_{pp} est nulle au niveau de la surface de l'eau.

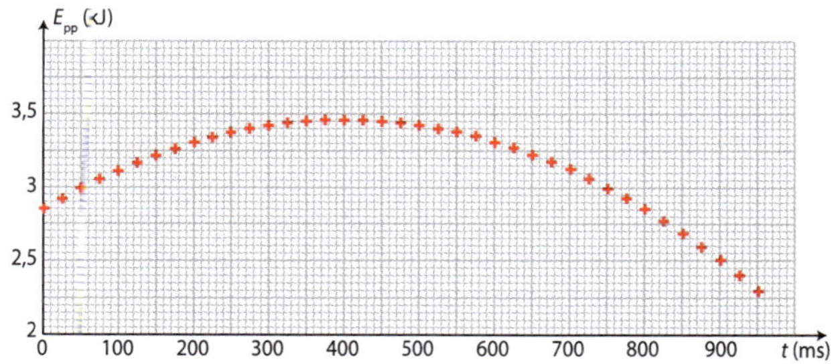

1. En utilisant le graphique ci-dessus, déterminez l'altitude y_S à laquelle se situe le centre d'inertie G du plongeur à l'instant de date t_S.

2. Lorsque les mains du plongeur entrent en contact avec l'eau, le centre d'inertie du plongeur se situe à une hauteur y_1, au-dessus de l'eau (→ *voir schéma*). À cet instant de date t_1, donnez l'expression, en justifiant la réponse, de l'énergie cinétique du plongeur en fonction de v_0, m, g, y_0 et y_1. Calculez sa valeur sachant que $y_1 = 1{,}0$ m.

3. Déduisez-en l'expression de la valeur de la vitesse v_1 à l'instant de date t_1. Calculez sa valeur.

Avant de commencer

▶ L'altitude maximale correspond à une énergie potentielle maximale.

Détermination de l'altitude maximale

Graphiquement, l'énergie potentielle est maximale pour $t = 400$ ms et $E_{pp,\,max} = 3{,}45$ kJ. On en déduit l'altitude maximale du plongeur :

$$y_s = \frac{E_{PP}}{m \cdot g} = 5{,}03 \text{ m} \Leftrightarrow y_s = \frac{3{,}45 \times 10^3}{70{,}0 \times 9{,}80} = 5{,}03 \text{ m}.$$

Avant de commencer

▶ Le plongeur est en chute libre, les forces de frottements peuvent être négligées.

▶ L'énergie mécanique est la somme de l'énergie cinétique et de l'énergie de potentielle de pesanteur.

Détermination de l'énergie cinétique

Comme on néglige les forces des frottements, l'énergie mécanique se conserve : $E_{m0} = E_{m1}$

$E_{C0} + E_{PP0} = E_{C1} + E_{PP1}$

$E_C(t_1) = E_C(t_0) + E_{PP}(t_0) - E_{PP}(t_1)$

$E_c(t_1) = ½ \cdot m \cdot v_0^{\,2} + m \cdot g \cdot (y_0 - y_1)$

L'application numérique donne :

$E_c(t_1) = ½ \times 70{,}0 \times (4{,}0)^2 + 70{,}0 \times 9{,}80 \times (4{,}0 - 1{,}0) = 2{,}6 \times 10^3$ J

$= 2{,}6$ kJ.

Avant de commencer

▶ Savoir isoler la vitesse à partir de l'expression de l'énergie cinétique.

Détermination de la vitesse du plongeur

En partant de l'expression de l'énergie cinétique :

$$E_C = \frac{1}{2} m v^2 \Leftrightarrow v = \sqrt{\frac{2E_C}{m}} \Leftrightarrow v = \sqrt{\frac{2 \times 2{,}6 \times 10^3}{70{,}0}} = 8{,}6 \text{ m} \cdot \text{s}^{-1}$$

Aspects énergétiques des phénomènes mécanique

QUIZ-Mémorisation active

Questions	Indices	Réponses
Quelle est l'expression du travail d'une force constante ?	Le travail est une expression scalaire.	$W_{AB}(\vec{F}) = \vec{F}.\vec{AB}$ $\vec{F}$: force en N AB : distance parcourue en m $W_{AB}(\vec{F})$: travail d'une force en J
Qu'est-ce qu'une force conservative ?	On ne considère que le point de départ et le point d'arrivée pour déterminer le travail d'une telle force.	Une force est dite conservative si son travail ne dépend pas du chemin suivi.
Pourquoi on ne peut pas appliquer la relation $W_{AB}(\vec{f}) = \vec{f} \cdot \overrightarrow{AB}$? $\vec{f}$ représente une force de frottements.	Les forces de frottements sont des forces qui ne sont pas constantes.	Les frottements sont des forces non conservatives.
Dans quel type de référentiel peut s'appliquer le théorème de l'énergie cinétique ?	Dans ces référentiels, le principe d'inertie s'applique.	Dans les référentiels galiléens.
On lance une balle, de masse m avec une vitesse v_0 vers le haut. En appliquant le théorème de l'énergie cinétique et en supposant la balle en chute libre, donnez l'expression en fonction de v_0 de la hauteur atteinte par la balle.	Dans le cas d'une chute libre, seul le poids travaille.	Au sommet, la balle a une vitesse nulle : $\frac{1}{2}mv_0^2 = mgh$ $\frac{v_0^2}{2g} = h$
Dans quel cas l'énergie mécanique se conserve ?	Certaines forces s'opposent au déplacement.	L'énergie mécanique se conserve si les frottements sont négligeables.

Questions	Indice	Réponses
Dans quel cas peut-on considérer le pendule comme simple ?	Il correspond au cas idéal du pendule.	La masse du fil doit être négligeable et la masse accrochée de petites dimensions.
On lance une balle vers le haut. On la considère en chute libre. À partir de la courbe représentée ci-dessous, quelle est l'allure de la courbe de l'énergie cinétique et de l'énergie mécanique ? 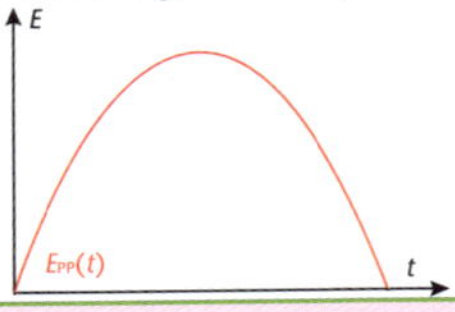	La vitesse de la balle est nulle lorsqu'elle atteint une hauteur maximale.	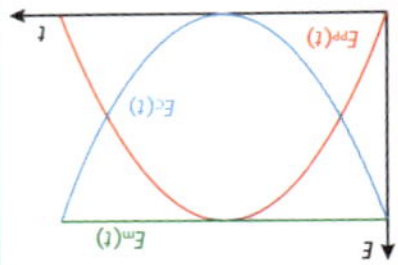

SCHÉMA-BILAN

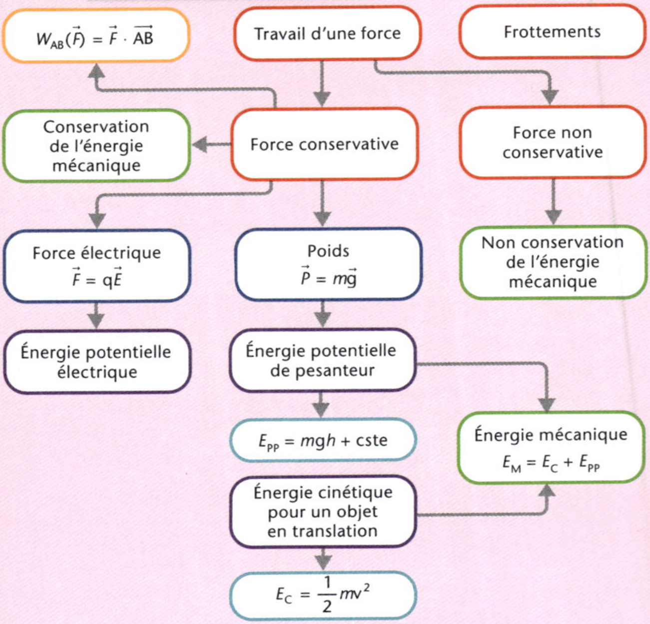

Grandeurs associées aux ondes mécaniques progressives

FICHE 42

Les ondes ne possèdent pas les mêmes propriétés que la matière, de nouvelles grandeurs sont donc à envisager pour déterminer leurs caractéristiques.

I Les ondes dans la matière

1. Ondes mécaniques

- Une onde correspond au phénomène de propagation d'une perturbation sans transport de matière mais avec transport d'énergie.
- Si la perturbation nécessite un milieu matériel, l'onde est dite mécanique.

Les **ondes électromagnétiques** constituent un cas d'**onde non mécanique**, puisque la lumière se propage dans le vide.

- Le son, la houle, les séismes, les ondes à la surface de l'eau nécessitent un milieu matériel pour se propager, ce sont des exemples d'ondes mécaniques.
- Une onde est transversale, si la perturbation est perpendiculaire à sa direction de propagation, et longitudinale, dans le cas où la perturbation est parallèle à sa direction de propagation.

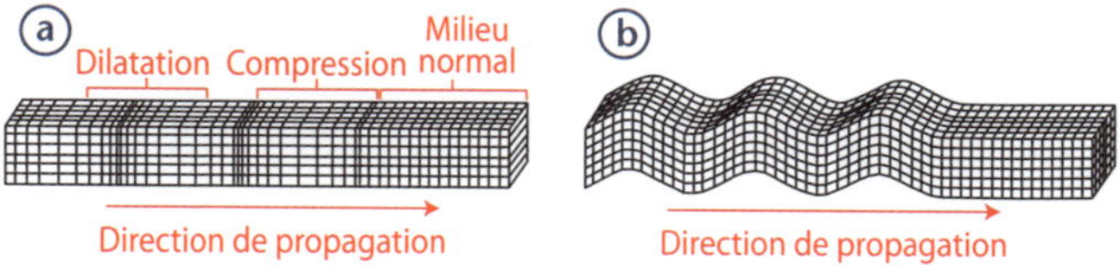

Onde longitudinale (a) et onde transversale (b)

2. Cas des ondes sonores

- Le son est une onde mécanique progressive longitudinale de compression dilatation.
- Les ondes sonores constituent un cas particulier des ondes mécaniques. Elles peuvent se déplacer aussi bien dans les solides, que dans les liquides, que dans les gaz.

3. Cas des ondes sismiques

- Parmi les ondes sismiques, on distingue les ondes de volume qui traversent la Terre et les ondes de surface qui se propagent parallèlement à sa surface.

- Parmi les ondes volumes, on distingue les ondes P et S :
  - P : ondes longitudinales ayant les mêmes caractéristiques que le son : ce sont des ondes longitudinales de compression dilatation ;
  - S : ce sont des ondes de cisaillement, la perturbation est transversale.

- Les ondes de surface (Ondes de Rayleigh et L) sont les plus destructrices : les séismes sont malheureusement un exemple de déplacement d'énergie pouvant entraîner des destructions importantes.

II Ondes progressives

- Une **onde progressive** est une onde dont la **perturbation se propage** dans le temps.

- Le retard (noté τ) correspond à une durée séparant le passage d'une déformation entre deux points.

- Pour faire la distinction avec le déplacement de la matière, la **vitesse de propagation d'une onde** est appelée **célérité**.

- La célérité d'une onde se détermine à partir du retard :

$$V = \frac{d}{\tau}$$

V : célérité de l'onde en $m.s^{-1}$
d : distance les deux perturbations enregistrées en m
τ : retard mesuré en s

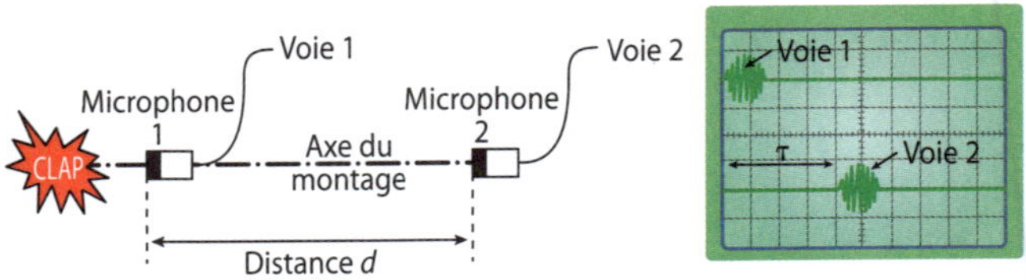

Montage expérimental permettant de mesurer la célérité d'une onde sonore dans l'air et visualisation des signaux détectés sur l'écran d'un oscilloscope

Ondes sinusoïdales

FICHE 43

Les ondes périodiques progressives peuvent être modélisées par une somme de fonctions sinusoïdales. La période et la longueur d'onde de l'onde sont des grandeurs permettant la modélisation d'une onde sinusoïdale.

I Double périodicité d'une onde périodique

- Une onde est périodique si la perturbation se reproduit identique à elle-même, à intervalles de temps égaux.
- Une onde périodique progressive possède une périodicité à la fois spatiale (la longueur d'onde) et temporelle (la période).
- La période T d'un phénomène périodique est la plus petite durée qui sépare deux reproductions identiques du phénomène. Elle s'exprime en seconde.
- La fréquence correspond **au nombre de fois où un phénomène périodique se répète en une seconde**. La fréquence f est l'inverse de la période :

$$T = \frac{1}{f}$$

T : période de l'onde en s
f : fréquence de l'onde en Hz

- La période spatiale d'une onde s'appelle la longueur d'onde. Elle se note λ, et se mesure en mètre.
- La période et longueur d'onde sont reliées par la relation :

$$V = \frac{\lambda}{T} = \lambda \cdot f$$

T : période temporelle du signal en s
f : fréquence de l'onde en Hz
V : célérité de l'onde en $m.s^{-1}$
λ : longueur d'onde en m

II Modélisation d'une onde sinusoïdale

- Considérons le cas d'une onde se propageant dans le sens des x croissant et subissant une excitation sinusoïdale.
- À une position donnée, l'onde peut être modélisée par une fonction sinusoïdale évoluant en fonction du temps :

$$y(t) = Y_{max} \cos(\frac{2\pi}{T} t + \varphi)$$

$y(t)$: fonction sinusoïdale modélisant l'onde

Y_{max} : amplitude de l'onde
T : période de l'onde
φ : phase à l'origine

• Par exemple, si la modélisation d'une onde sinusoïdale est $y_s(t) = 4{,}5 \times 10^{-3} \sin(314t)$, alors cette onde a une amplitude de $4{,}5 \times 10^{-3}$, sa phase $\varphi = 0$ et une période T de 2,0 s.

$$\frac{2\pi}{T} = 314 \Leftrightarrow T = \frac{2\pi}{314} = 2{,}0 \text{ s}$$

Un sinus peut toujours se transformer en cosinus et réciproquement :
$\sin x = \cos(x - \frac{\pi}{2})$; $\cos x = \sin(x + \frac{\pi}{2})$

• La fonction sinus et cosinus ont la même allure, une onde sinusoïdale peut être modélisée par ces deux fonctions.

• On souhaite simuler deux ondes sinusoïdales, pour un intervalle de 10 s, ayant des périodes et des amplitudes différentes :

$$y_1(t) = Y_{max1} \sin\left(\frac{2\pi}{T_1} t + \frac{\pi}{4}\right) \text{ avec } Y_{max1} = 2{,}0 \text{ ; } T_1 = 5{,}0 \text{ s ; } \varphi_1 \frac{\pi}{4}$$

$$y_2(t) = Y_{max2} \cos\left(\frac{2\pi}{T_2} t\right) \text{ avec } Y_{max2} = 3{,}0 \text{ ; } T_1 = 2{,}0\text{s ; } \varphi_2 = 0$$

• Le script sous Python donne :

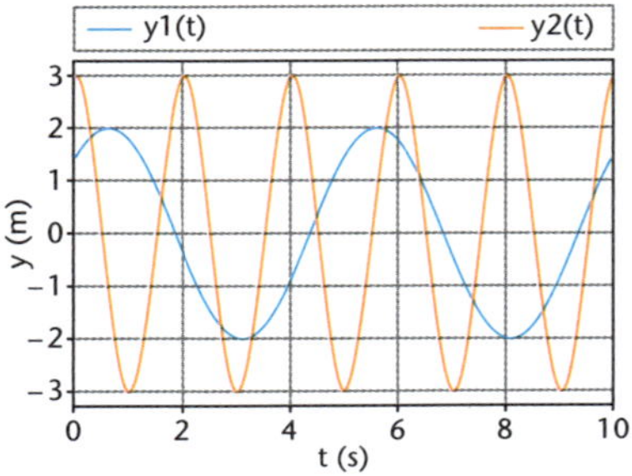

Résultats de la simulation de $y_1(t)$ en bleu et $y_2(t)$ en orange

```
import numpy as np
import matplotlib. pyplot
as plt
plt. grid(True)
t1 = np. arange(0,10,0.1)
# début, fin, pas
T1 = 5
y1 = 2*np. sin(2*np. pi/
T1*t1+np. pi/4)
t2 = np. arange(0,10,0.1)
# début, fin, pas
T2 = 2
y2 = 3*np.cos(2*np. pi/
T2*t2)
plt. xlabel('t (s)')
plt. ylabel('y (m)')
plt. xlim(0, 10)
plt. plot(t1, y1)
plt. plot(t2, y2)
plt. show()
```

Ondes mécaniques

QUIZ-Mémorisation active

Questions	Réponses
Qu'est-ce qu'une onde ?	Une onde correspond au phénomène de propagation d'une perturbation sans transport de matière mais avec transport d'énergie.
Que nécessite une onde mécanique pour se propager ?	Un milieu matériel est nécessaire pour qu'une onde mécanique se propage.
La propagation de perturbations complexes est représentée ci-dessous. 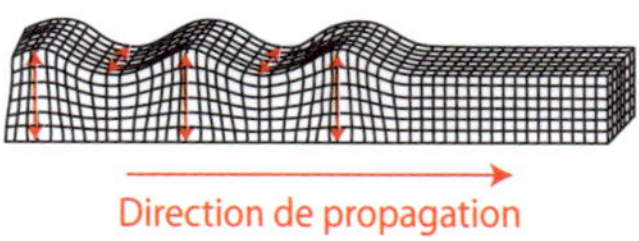 Est-ce une onde longitudinale ou transversale ?	Les perturbations sont perpendiculaires à la direction de propagation, ce sont des ondes transversales.
Qu'est-ce que le retard pour une onde ?	Le retard correspond à une durée séparant le passage d'une déformation entre deux points.
Comment se nomme la vitesse de propagation d'une onde ?	La célérité.
Pourquoi une onde périodique progressive est doublement périodique ?	Une onde périodique possède : – une périodicité spatiale : la longueur d'onde ; – une périodicité temporelle : la période.
Quelle relation lie la période et la longueur d'onde ?	$v = \frac{\lambda}{T}$ T : période temporelle du signal (en s) v : célérité de l'onde (en m.s^{-1}) λ : longueur d'onde (en m)

Question	Réponse
Quelle est la période et l'amplitude de cette onde simulée ci-dessous ? 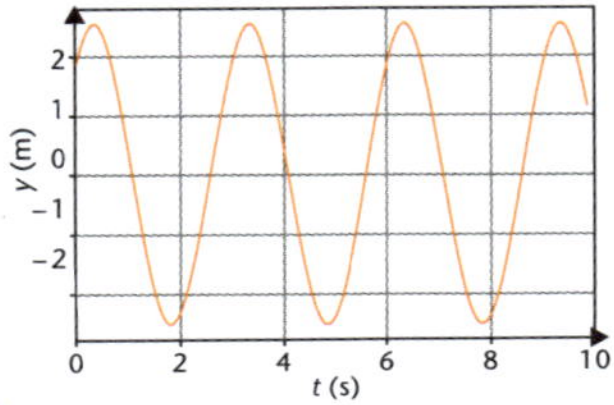	L'amplitude est $Y_{max} = 2{,}5$ m et la période $T = 3{,}0$ s.

SCHÉMA-BILAN

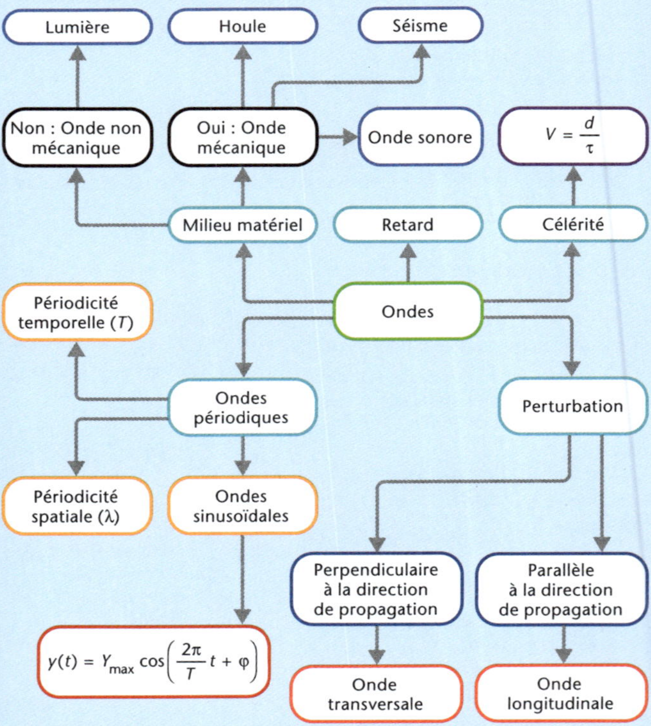

Relation de conjugaison pour une lentille mince convergente

FICHE 45

La **relation de conjugaison** des lentilles permet de connaître par le calcul la position et l'orientation de l'image formée.

I Caractéristiques d'une lentille mince convergente

- Une lentille est délimitée par deux surfaces dont **l'une au moins est courbe**.
- Une lentille est convergente si son centre est plus épais que ses bords.
- Les rayons lumineux subissent deux fois le phénomène de réfraction (→ *voir le programme de 2de*) : à l'entrée et à la sortie de la lentille.

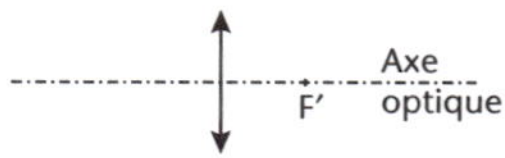

Représentation d'une lentille mince convergente

- Une lentille est qualifiée de mince si son épaisseur est négligeable devant les rayons de courbure des deux calottes sphériques.
- Une lentille possède également un **axe de symétrie** appelé **axe optique**.

II Distance focale d'une lentille

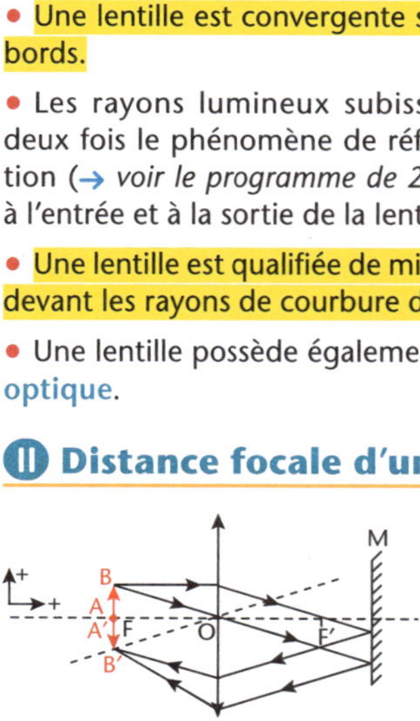

Principe de l'autocollimation. Lorsque les réglages sont bien effectués : $A = A' = F$ et $f' = -\overline{OA'}$

- La distance focale f d'une lentille correspond à la distance (en m) entre le centre optique O et le foyer image F'.
- La distance focale est une grandeur algébrique : $f' = \overline{OF'} = -\overline{OF}$.
- On peut déterminer expérimentalement la distance focale d'une lentille convergente en utilisant la méthode d'autocollimation.
- La **vergence C**, grandeur également algébrique, d'une lentille est l'inverse de sa distance focale :

$$C = \frac{1}{f'}$$

C : vergence en dioptrie (δ) (sans unité)
f' : distance focale en m

III Expression de la relation de conjugaison

Pour certaines lentilles (lentilles divergentes), la distance focale est négative : $\overline{OF'} < 0$.

• La **relation de conjugaison** des lentilles convergentes lie les positions par rapport au centre optique du point objet A, du point image A′ et du foyer image *f′* :

$$\frac{1}{\overline{OA'}} - \frac{1}{\overline{OA}} = \frac{1}{\overline{OF'}}$$

$\overline{OA}$: distance algébrique entre l'objet et le centre optique en m

$\overline{OA'}$: distance algébrique entre l'image et le centre optique en m

$\overline{OF'}$: distance focale de la lentille convergente en m

• Si OA′ > 0, l'image est après la lentille. OA′ < 0, l'image est avant la lentille.

• On montre d'après la relation de conjugaison que si l'on approche l'objet de la lentille, l'image s'éloigne de la lentille. D'une manière générale, l'objet et son image se déplacent dans le même sens.

• Pour trouver l'image d'un objet par une lentille convergente, on peut tracer 3 rayons particuliers :
– celui passant parallèle à l'axe optique (rayon 1) ;
– celui passant par le centre optique (rayon 2) ;
– celui passant par le foyer objet (rayon 3) ;

• L'image nette obtenue sur un écran s'effectue soit en modifiant la valeur de la distance focale (principe de l'œil), soit en modifiant la distance lentille écran (appareil photo).

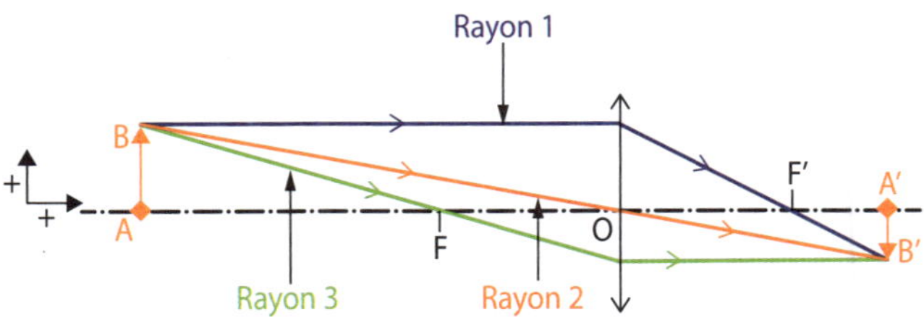

Construction de l'image A′B′ d'un objet AB par une lentille convergente

Grandissement, images réelles et images virtuelles pour une lentille convergente

FICHE 46

Le **grandissement** γ permet de savoir si l'image est plus grande ou plus petite que l'objet. L'image ne se forme pas toujours derrière la lentille, comme dans le cas de la loupe.

Lentille de Nimrud, lentille la plus ancienne retrouvée à ce jour (700 av. J.-C.)

I Grandissement d'une lentille convergente

• La **relation de grandissement** des lentilles minces convergentes permet de lier les tailles et les positions de l'objet et de l'image :

$$\gamma = \frac{\overline{A'B'}}{\overline{AB}} = \frac{\overline{OA'}}{\overline{OA}}$$

γ : grandissement (sans unité)

$\overline{AB}$ et $\overline{A'B'}$: dimension de l'objet et de l'image respectivement en m

$\overline{OA}$ et $\overline{OA'}$: distance par rapport au centre optique de l'objet et de l'image respectivement en m

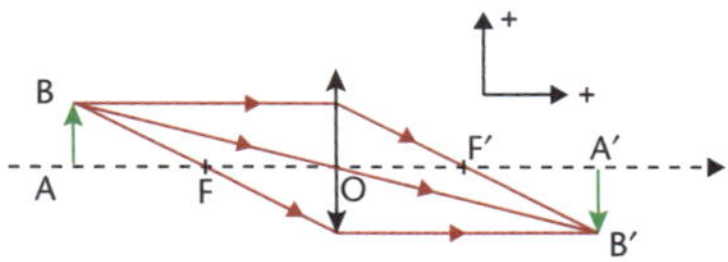

La relation du grandissement peut se démontrer à partir du théorème de Thalès dans les triangles OAB et OA'B'

• Si $\gamma > 0$, l'image est droite, si $\gamma < 0$, l'image est renversée. Si $|\gamma| > 1$, l'image est plus grande que l'objet, sinon $|\gamma| < 1$, l'image est plus petite que l'objet.

II Construction géométrique pour une lentille convergente

Objet	Image	Construction
À l'infini, réel $\overline{OA} = \pm\infty$	Image réelle, située dans le plan focal image	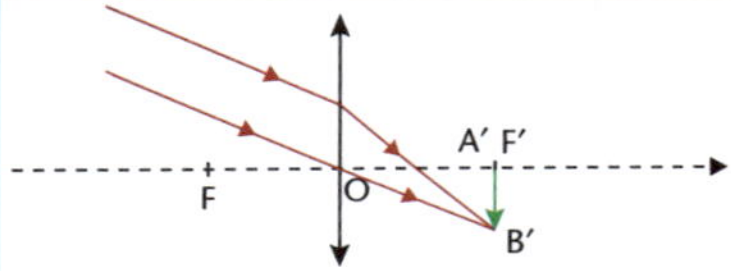
Réel, $-\infty < \overline{OA} < -2f'$	Image réelle renversée plus petite que l'objet $-1 < \gamma < 0$	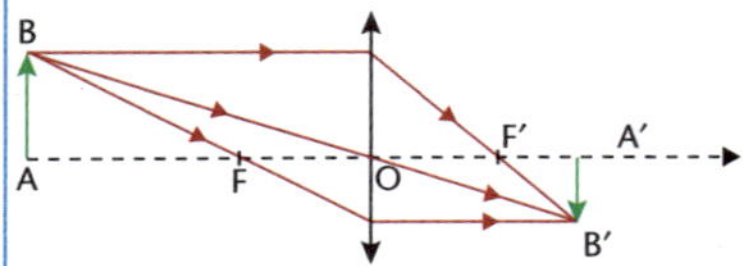
Réel, $-2f' < \overline{OA} < -f'$	mage réelle renversée plus grande que l'objet $-\infty < \gamma < -1$	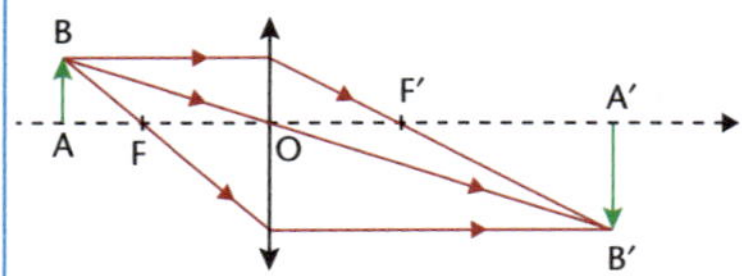
Réel, $-f' < \overline{OA} < 0$	Virtuelle droite $1 < \gamma < \infty$	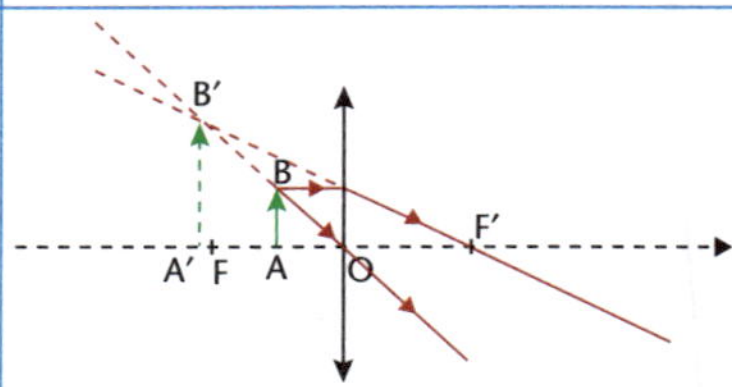
Réel, $\overline{OA} = -f'$	Image à l'infini $\alpha = \dfrac{AB}{f'}$	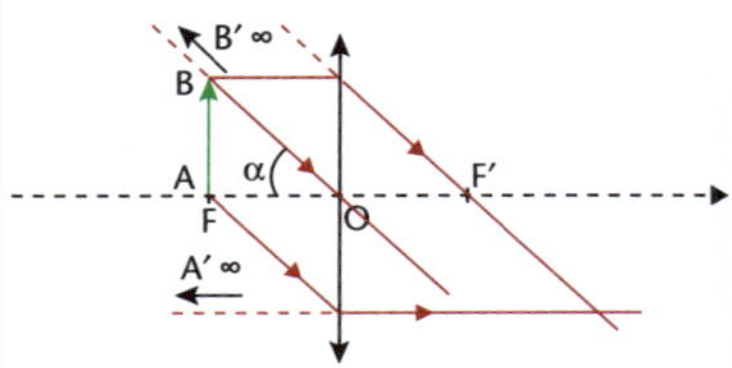

Observer à travers une loupe

Une loupe est assimilable à une lentille mince convergente de vergence égale à 10 δ. Le centre optique de la lentille est notée O et les foyers F et F'. On souhaite observer à travers une loupe un objet AB sur une feuille que l'on voudrait voir trois fois plus grand.

1. Déterminer la distance focale de la lentille.

2. À quelle distance de la feuille l'observateur doit-il placer la loupe ?

3. L'objet $\overline{AB}$ a pour dimension 0,5 cm, compléter alors le schéma de cette observation à travers une loupe (les échelles horizontale et verticale ne sont pas identiques).

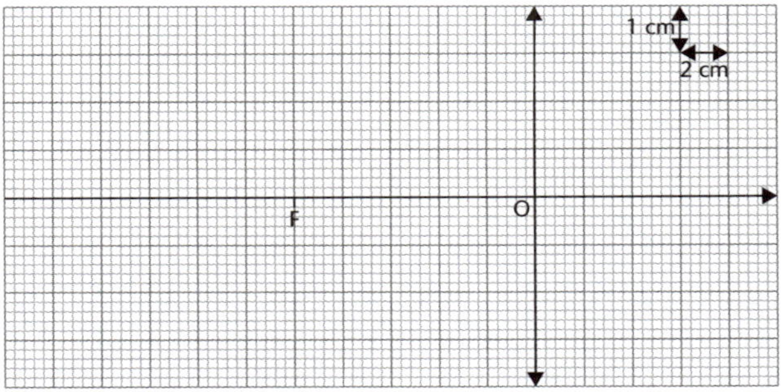

Avant de commencer

▶ La vergence d'une lentille est l'inverse

➔ Détermination de la distance focale de la lentille

À partir de l'expression de la vergence, nous obtenons :

$$C = \frac{1}{\overline{OF'}} \quad \overline{OF'} = \frac{1}{C}$$

L'application numérique donne :

$$\overline{OF'} = \frac{1}{10} = 0{,}10 \text{ m}$$

Avant de commencer

► Les relations du grandissement et de conjugaison des lentilles sont nécessaires pour trouver la distance $\overline{OA}$.

Détermination de la distance entre la loupe et la feuille

En utilisant la relation de conjugaison, nous obtenons :

$$\gamma = \frac{\overline{OA'}}{\overline{OA}} = 3 \quad \overline{OA'} = 3.\overline{OA}$$

On remplace cette expression dans la relation de conjugaison des lentilles :

$$\frac{1}{\overline{OA'}} - \frac{1}{\overline{OA}} = \frac{1}{\overline{OF'}} \quad \frac{1}{3.\overline{OA}} - \frac{1}{\overline{OA}} = \frac{1}{\overline{OF'}}$$

$$-\frac{2}{3\overline{OA}} = \frac{1}{\overline{OF'}} \quad \overline{OA} = -\frac{2}{3}\overline{OF'}$$

L'application numérique nous donne $\overline{OA} = -6{,}7$ cm.

Avant de commencer

► Le rayon passant par le centre optique n'est pas dévié par la lentille.

► Le rayon passant par le foyer objet ressort parallèle à l'axe optique après traversée de la lentille.

Tracés des rayons lumineux

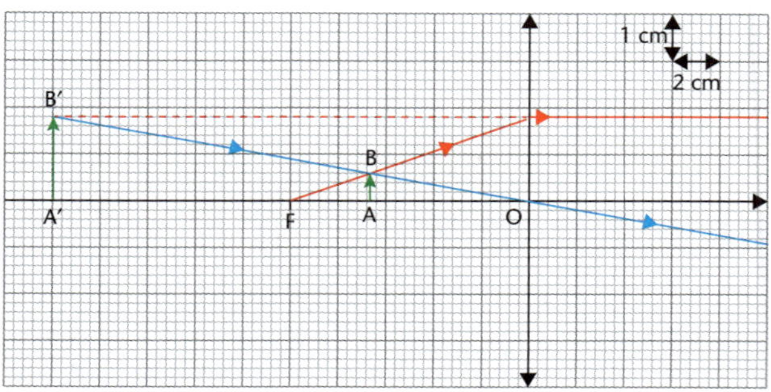

Synthèse additive et soustractive

FICHE 48

Avec trois couleurs bien choisies, on peut réaliser une infinité de couleurs. La superposition de lumières colorées ne conduit pas au même résultat que la superposition de filtres colorés.

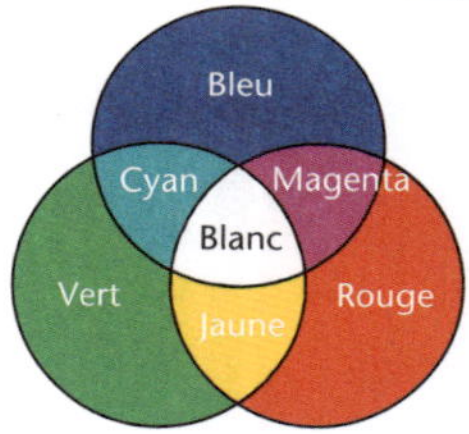

Synthèse additive par superposition de lumières colorées

I Synthèse additive

- Pour réaliser une synthèse additive, on superpose plusieurs faisceaux de lumière colorée.
- La superposition des lumières colorées rouge, verte et bleue donne une infinité de possibilité de couleurs.
- Lorsque les lumières colorées rouge, vert et bleu sont de **même intensité**, on obtient une **lumière blanche** sur l'écran.

Les écrans que nous côtoyons au quotidien fonctionnent sur ce principe : on met côte à côte de manière resserrée 3 pixels de couleurs rouge, vert et bleu. Avec une vision lointaine, on obtient une synthèse additive.

- Lors d'une synthèse additive, rouge, vert et bleu sont les couleurs primaires, magenta, jaune et cyan sont les couleurs secondaires.
- Deux couleurs sont dites complémentaires si leur synthèse additive donne du blanc.

II Synthèse soustractive

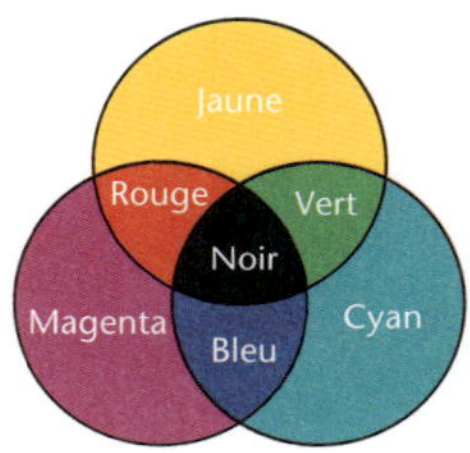

Synthèse soustractive par superposition de filtres colorés

- Pour réaliser une synthèse soustractive, on superpose plusieurs filtres colorés.
- La superposition des filtres colorés jaune, cyan et magenta absorbe complètement la lumière. On obtient du noir sur l'écran.
- Le **noir** correspond donc à une **absence de lumière**.
- Lors d'une synthèse soustractive, jaune, cyan et magenta sont les couleurs primaires, vert, rouge et bleu sont les couleurs secondaires.

• Deux couleurs sont dites complémentaires si leur synthèse soustractive donne du noir.

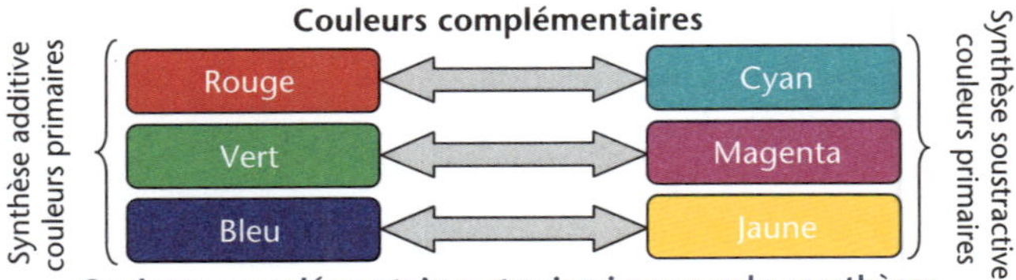

Couleurs complémentaires et primaires pour les synthèses additives et soustractives

Ⅲ Couleurs des objets

• Dans notre œil, il existe **trois types de cônes** sensibles à trois couleurs spectrales différentes : rouge, vert et bleu (couleurs primaires de la synthèse additive) : la perception humaine utilise la trichromie.

• La couleur jaune, par exemple, correspond à l'excitation des cônes verts et rouges.

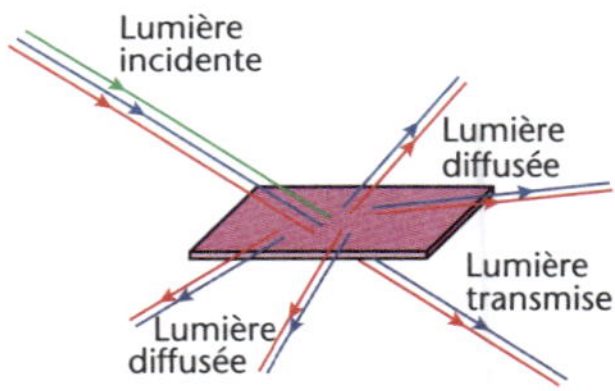

Filtre magenta : absorption et diffusion des lumières rouge et bleu et absorption de la radiation verte

• Lorsqu'un objet opaque est éclairé, une partie de la lumière est absorbée et une autre partie est diffusée.

• On retrouve les mêmes phénomènes pour les objets transparents (**absorption et diffusion**) mais une partie de la lumière est **transmise**.

• En raisonnant en trichromie (rouge, vert, bleu), les feuilles des arbres sont vertes car les feuilles absorbent les radiations rouges et bleues mais diffusent la radiation verte.

Domaines des ondes électromagnétiques

Les ondes électromagnétiques sont des ondes qui peuvent se propager dans le vide, elles couvrent un large domaine de fréquence, leurs applications sont très variées.

I Le spectre électromagnétique

- Le **spectre électromagnétique est composé d'une infinité de radiations** pouvant prendre toutes les longueurs d'ondes et fréquences possibles.

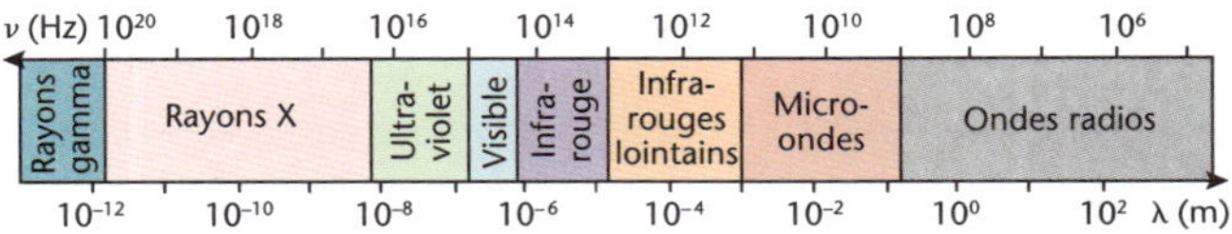

Spectre des domaines des rayonnements électromagnétiques

- La **lumière visible (400 nm < λ < 800 nm)** ne constitue qu'un cas particulier des ondes électromagnétiques et ne représente qu'une infime partie de ce spectre.
- La relation liant la longueur d'onde et la fréquence reste valable pour les ondes électromagnétiques :

$$\lambda = \frac{c}{f} = c \cdot T$$

T : période de l'onde électromagnétique en s
f : fréquence de l'onde en Hz
c : célérité de la lumière dans le vide,
$c = 3{,}00 \times 10^{8}\ m.s^{-1}$
λ : longueur d'onde en m

- Contrairement au son ($20\ Hz < f < 20\ kHz$), les domaines de fréquence de la lumière visible sont beaucoup plus élevées : $f \approx 5 \times 10^{14}$ Hz
- Une source monochromatique n'émet qu'une seule longueur d'onde, alors qu'une source polychromatique émet plusieurs longueurs d'onde.

Types de source	Caractéristiques	Spectre
Lampe à incandescence	Spectre continu Source d'origine thermique	
Lampe basse consommation	Spectre de raies d'émission Source spectrale	
Laser	Source monochromatique d'origine spectrale	

II Utilisation des ondes électromagnétiques dans divers domaines

• Selon la fréquence ou la longueur d'onde utilisée, l'application du rayonnement électromagnétique sera différente :

Rayonnement	Utilisation et production par l'Homme	Ordre de grandeur de la longueur d'onde
Ondes radio	Télécommunication	$1 - 10^{2}$ m
Micro-ondes	Réchauffement des plats	10^{-2} m
Infrarouge	Maintenir les plats chauds	10^{-4} m – 10^{-6} m
Ultraviolets	Rendre potable l'eau	10^{-7} m – 10^{-8} m
Rayons X	Radiothérapie – radios du corps humain	10^{-7} m – 10^{-8} m
Rayons γ	Imagerie médicale	$< 10^{-12}$ m

• La longueur d'onde du rayonnement électromagnétique a le même ordre de grandeur que l'objet :
- le wifi utilise des fréquences de 2,4 GHz, la longueur d'onde est de 12 cm. Les antennes utilisées ont des dimensions de l'ordre du cm ;
- la longueur d'onde des rayons X ($\lambda \approx 10^{-10}$ m) correspond aux dimensions de l'atome. Les rayons X se diffractent dans un réseau cristallin ;
- les rayons gammas peuvent provoquer des réactions nucléaires : la longueur d'onde utilisée est dans ce cas du même ordre de grandeur que celle du noyau (10^{-15} m).

> Les **micro-ondes** portent mal leur nom puisque ce sont des ondes de l'ordre du cm.

• L'énergie d'un rayonnement électromagnétique augmente si la longueur d'onde diminue (→ *voir fiche 49*).

Modèle particulaire de la lumière et quantification des atomes

FICHE 50

La lumière peut être modélisée par un rayonnement mais aussi par une particule : le photon. L'interaction entre les photons et les électrons d'un élément chimique permettent d'expliquer les spectres de raies.

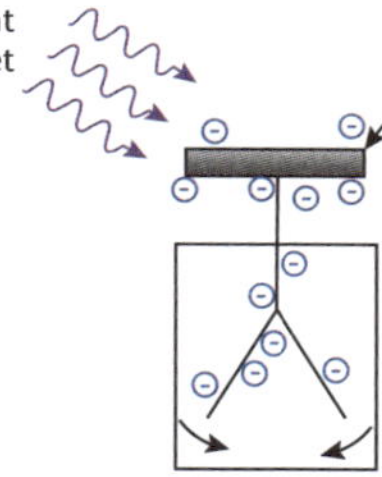

Effet photoélectrique : l'électroscope se décharge lorsque la plaque est exposée à une lumière ultraviolette.

I Modèle particulaire de la lumière : le photon

• Une **onde lumineuse peut éjecter des électrons** d'une plaque métallique : c'est **l'effet photoélectrique**.

• Pour interpréter **l'interaction de la lumière avec la matière**, Einstein invente un nouveau **modèle** dans lequel la lumière se comporte comme une particule que l'on appelle « **photon** ».

• Le photon possède une masse nulle et ne possède pas de charge électrique.

• Chaque photon transporte une énergie :

$$E = h\nu = h\frac{c}{\lambda}$$

E : énergie du photon en J
ν : fréquence du rayonnement en Hz
c : célérité de la lumière dans le vide, $c = 3{,}00 \times 10^{8}\ m.s^{-1}$
λ : longueur d'onde en m
h : constante de Planck, $h = 6{,}626 \times 10^{-34}$ J.s

• À l'échelle atomique, on utilise souvent comme unité d'énergie pour le photon l'électron-volt (eV) : $1\ eV = 1{,}6 \times 10^{-19}$ J.

II Quantification de l'énergie d'un atome

- Chaque couche correspond à un niveau d'énergie particulier : l'énergie des électrons est quantifiée.
- **Les énergies des électrons sont négatives car ils sont liés à l'atome** : il faut apporter de l'énergie pour les exciter ou les libérer de l'atome.
- Le niveau énergétique le plus bas est l'état fondamental, les autres niveaux sont des états excités.

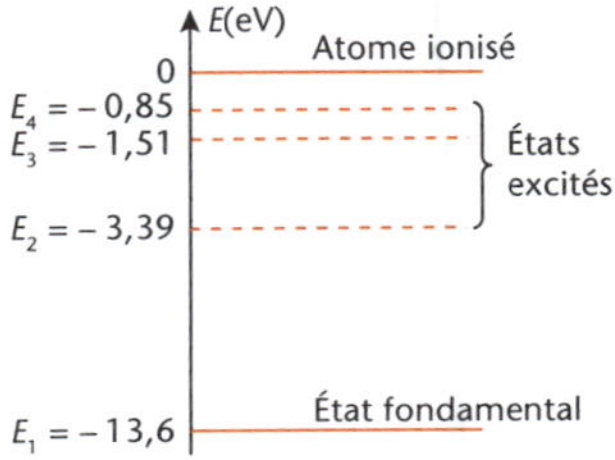

Niveaux énergétiques de l'atome d'hydrogène

- **L'atome est ionisé lorsque l'électron atteint une énergie nulle**. La distance entre le noyau et l'électron est considéré comme étant infinie.

III Émission et absorption des photons

- Un électron peut acquérir ou perdre de l'énergie par rayonnement : un photon peut être absorbé ou émis :

$$|E_n - E_m| = h\nu_{n-m} = h\frac{c}{\lambda_{n-m}}$$

E_n et E_m : niveau d'énergie des niveaux n et m en J
ν_{n-m} : fréquence du photon émis ou absorbé en Hz
c : célérité de la lumière dans le vide, $c = 3{,}00 \times 10^8$ m.s^{-1}
λ_{n-m} : longueur d'onde en m
h : constante de Planck
$h = 6{,}626 \times 10^{-34}$ J.s

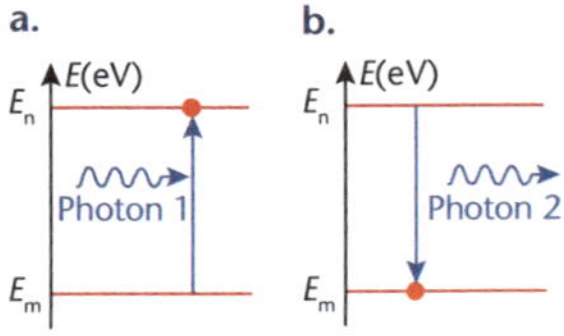

Cas a : Le photon 1 d'énergie appropriée est absorbé, l'électron passe à un niveau d'énergie supérieure.
Cas b : désexcitation de l'électron qui passe au niveau E_m, le photon 2 d'énergie $E_n - E_m$ est émis.

- Ces interactions lumière-matière permettent d'interpréter les spectres de raies d'émission et d'absorption : elles correspondent aux transitions énergétiques des électrons de l'atome étudié.

BILAN

Images et couleurs de la lumière : modèles ondulatoire et particulaire

FICHE 51

QUIZ-Mémorisation active

Questions	Indices	Réponses
Donnez la définition d'une lentille mince.	Une grandeur est négligeable pour que la lentille soit convergente.	Une lentille est qualifiée de mince si son épaisseur est négligeable devant les rayons de courbure des deux calottes sphériques.
Donnez la relation de conjugaison d'une lentille.	Les grandeurs dans cette relation sont algébriques.	$\frac{1}{\overline{OA'}} - \frac{1}{\overline{OA}} = \frac{1}{\overline{OF'}}$ $\overline{OA}$: distance algébrique entre l'objet et le centre optique (en m) $\overline{OA'}$: distance algébrique entre l'image et le centre optique (en m) $\overline{OF'}$: distance focale de la lentille convergente (en m)
En raisonnant en trichromie, quelles est (sont) la (les) couleur(s) diffusée(s) par un objet vert ? Même question pour la (les) couleur(s) diffusée(s).	Un objet absorbe toujours sa couleur complémentaire.	Un objet vert diffuse le vert et absorbe le rouge et le bleu (magenta).
Comment déterminer l'énergie d'un photon ?	Cette relation fait intervenir la constante de Planck.	$E = h\nu = h\frac{c}{\lambda}$ E : énergie en J ν : fréquence en Hz $c = 3{,}00 \times 10^{8}\ m.s^{-1}$ λ : longueur d'onde en m h : constante de Planck
Pourquoi l'énergie des électrons dans un atome est négative ?	Un état ionisé (électron porté à l'infini) correspond à une énergie nulle.	Le signe – a une signification physique : les électrons sont liés à l'atome.

SCHÉMA-BILAN

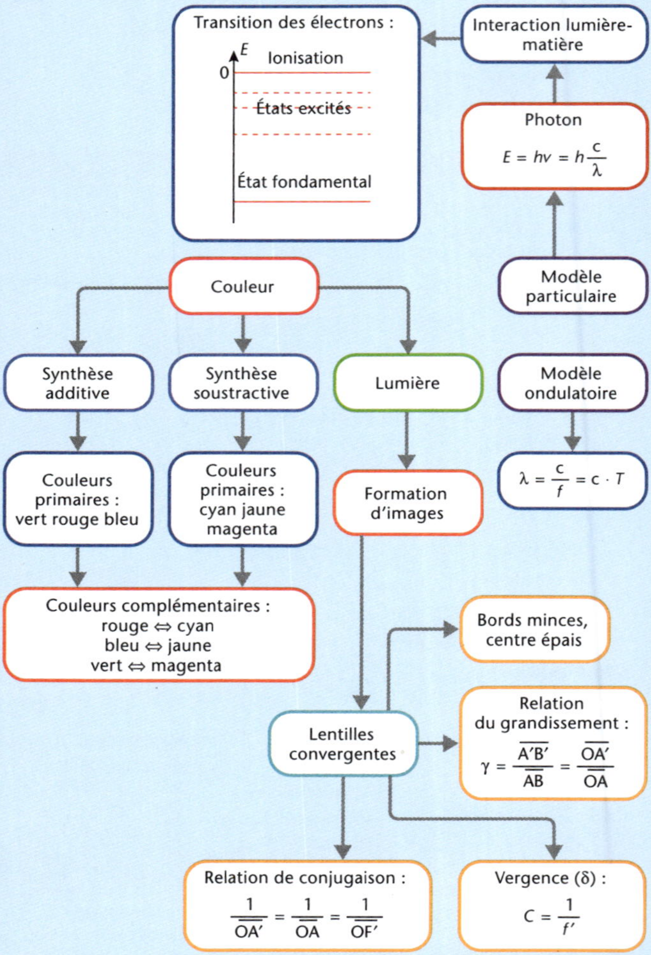

Annexes

1. Incertitudes d'une mesure

I Cas d'une série de *n* mesures : incertitudes de type A

• Pour déterminer les performances d'un appareil de mesure, on peut mesurer plusieurs fois la même résistance. Sur un histogramme, la fréquence de chaque mesure est reportée.

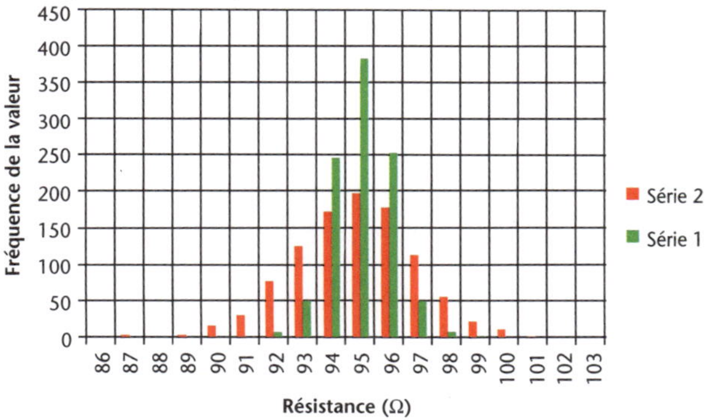

• La dispersion des valeurs traduit la précision de l'appareil utilisé. Dans notre cas, l'appareil employé pour la série 1 est plus précis que celui de la série 2.

• Pour avoir accès à l'incertitude-type d'un appareil, on peut mesurer l'écart-type σ d'une valeur g_i :

$$\sigma = \sqrt{\frac{\sum (g_i - \overline{g})^2}{n-1}}$$

$\overline{g}$: grandeur moyenne des valeurs g_i
n : nombre de grandeurs g mesurées
σ : écart-type

L'écart-type permet d'évaluer l'incertitude-type :

$$u(G) = \frac{\sigma}{\sqrt{n}}$$

u(G) : incertitude-type grandeur moyenne des valeurs g_i
n : nombre de grandeurs g mesurées
σ : écart-type

Plus le nombre n de mesures indépendantes est grand et plus l'incertitude-type est petite.
L'incertitude élargie se détermine selon la méthode de Student : $U(G) = t_{95\,\%}.u(G)$ $U(G) = t_{99\,\%}.u(G)$ avec $t_{95\,\%}$ $t_{99\,\%}$ facteur d'élargissement qui dépend du nombre de mesures et du niveau de confiance choisi :

n	2	3	4	5	6	7	8	9	10
$t_{95\%}$	12,7	4,3	3,18	2,78	2,57	2,45	2,37	2,31	2,26
$t_{99\%}$	63,7	9,93	5,84	4,6	4,03	3,71	3,5	3,36	3,2
n	12	14	16	18	20	30	50	100	∞
$t_{95\%}$	2,2	2,16	2,13	2,11	2,09	2,04	2,01	1,98	1,96
$t_{99\%}$	3,11	3,01	2,95	2,9	2,86	2,76	2,68	2,63	2,57

II Cas d'une mesure unique : incertitudes de type B

$G = G_1 . G_2$ ou $G = \dfrac{G_1}{G_2}$. L'incertitude $U(G)$ est donnée par :

$$\frac{U(G)}{G} = \sqrt{\left(\frac{U(G_1)}{G_1}\right)^2 + \left(\frac{U(G_2)}{G_2}\right)^2}$$

On parle parfois de somme quadratique des incertitudes relatives pour ce type de calcul.

III Écriture d'un résultat

Le résultat d'une mesure s'écrit $g \pm U(G)$ ou G appartient à l'intervalle $[g - U(G)\,;\, g + U(G)]$
Par convention, l'incertitude sera arrondie à la valeur supérieure avec au plus deux chiffres significatifs et les derniers chiffres significatifs conservés pour la valeur mesurée g sont ceux sur lesquels porte l'incertitude $U(G)$.

2. Grandeurs et unités

Grandeur	Unité
Absorbance (*A*)	Sans unité
Activité (*A*) pour une réaction nucléaire	Becquerel : Bq
Avancement (*x*)	mol
Capacité thermique massique (*c*)	$J.kg^{-1}.K^{-1}$
Champ de pesanteur (*g*)	$N.kg^{-1}$ ou $m.s^{-2}$
Champ électrostatique (*E*)	$V.m^{-1}$
Charge électrique (*q*)	coulomb : C
Concentration en masse (*t* ou C_m)	$kg.m^{-3}$ ou $g.L^{-1}$ $1\ kg.m^{-3} = 1\ g.L^{-1}$
Concentration en quantité de matière (*C*)	$mol.m^{-3}$ ou $mol.L^{-1}$ $1\ mol.m^{-3} = 10^3\ mol.L^{-1}$
Densité (*d*)	Sans unité
Énergie (*E*)	joule : J
Flux thermique (φ)	watt : W
Force (*F*)	newton : N
Fréquence (*f* ou ν)	hertz : Hz

Grandeur	Unité
Intensité électrique (*I*)	ampère : A
Longueur (*L*)	mètre : m
Largeur (*l*)	mètre : m
Masse (*m*)	kilogramme : kg
Masse molaire (*M*)	$g.mol^{-1}$
Masse volumique (ρ ou μ)	$kg.m^{-3}$ ou $g.mL^{-1}$ $10^3\ kg.m^{-3} = 1\ g.mL^{-1}$
Période (*T*)	seconde : s
Pression (*P*)	pascal : Pa
Puissance (*P*)	watt : W
Quantité de matière (*n*)	mole : mol
Résistance (*R*)	ohm : Ω
Surface (*S*)	m^2
Température (*T* ou θ)	θ en °C et *T* en K $T = \theta + 273$
Temps (*t*)	seconde : s
Tension électrique (*U*)	volt : V
Vitesse (*v*)	$m.s^{-1}$
Volume (*V*)	m^3

3. Extrait de la classification périodique

Ca Solide — Br Liquide — H Gaz — Pu Préparé par synthèse

Légende (exemple) : Magnésium — Masse atomique (g·mol⁻¹) 24,3 — Symbole Mg — Numéro atomique 12 — Électronégativité 1,2

Chaque case : Nom, masse atomique (g·mol⁻¹), symbole, numéro atomique, électronégativité.

Période	1	2	3	4	5	6	7	8	9	10	11	12	13	14	15	16	17	18
1	Hydrogène 1,0 H 1 2,2																	Hélium 4,0 He 2
2	Lithium 6,9 Li 3 1,0	Béryllium 9,0 Be 4 1,5											Bore 10,8 B 5 2,0	Carbone 12,0 C 6 2,5	Azote 14,0 N 7 3,0	Oxygène 16,0 O 8 3,5	Fluor 19,0 F 9 4,0	Néon 20,2 Ne 10
3	Sodium 23,0 Na 11 0,9	Magnésium 24,3 Mg 12 1,2											Aluminium 27,0 Al 13 1,5	Silicium 28,1 Si 14 1,8	Phosphore 31,0 P 15 2,1	Soufre 32,1 S 16 2,5	Chlore 35,5 Cl 17 3,2	Argon 39,9 Ar 18
4	Potassium 39,1 K 19 0,8	Calcium 40,1 Ca 20 1,0	Scandium 45,0 Sc 21 1,3	Titane 47,9 Ti 22 1,5	Vanadium 50,9 V 23 1,6	Chrome 52,0 Cr 24 1,6	Manganèse 54,9 Mn 25 1,5	Fer 55,8 Fe 26 1,8	Cobalt 58,9 Co 27 1,8	Nickel 58,7 Ni 28 1,8	Cuivre 63,5 Cu 29 1,9	Zinc 65,4 Zn 30 1,6	Gallium 69,7 Ga 31 1,6	Germanium 72,6 Ge 32 1,8	Arsenic 74,9 As 33 2,0	Sélénium 79,0 Se 34 2,4	Brome 79,9 Br 35 2,8	Krypton 83,8 Kr 36
5	Rubidium 85,5 Rb 37 0,8	Strontium 87,6 Sr 38 1,0	Yttrium 88,9 Y 39 1,3	Zirconium 91,2 Zr 40 1,4	Niobium 92,9 Nb 41 1,6	Molybdène 95,9 Mo 42 1,8	Technétium 98 Tc 43 1,9	Ruthénium 101,1 Ru 44 2,2	Rhodium 102,9 Rh 45 2,2	Palladium 106,4 Pd 46 2,2	Argent 107,9 Ag 47 1,9	Cadmium 112,4 Cd 48 1,7	Indium 114,8 In 49 1,7	Étain 118,7 Sn 50 1,8	Antimoine 121,8 Sb 51 1,9	Tellure 127,6 Te 52 2,1	Iode 126,9 I 53 2,5	Xénon 131,3 Xe 54
6	Césium 132,9 Cs 55 0,7	Baryum 137,3 Ba 56 0,9	Lanthane 138,9 La 57 1,1	Hafnium 178,5 Hf 72 1,3	Tantale 180,9 Ta 22 1,5	Tungstène 183,9 W 74 1,7	Rhénium 186,2 Re 75 1,9	Osmium 190,2 Os 76 2,2	Iridium 192,2 Ir 77 2,2	Platine 195,1 Pt 78 2,2	Or 197,0 Au 79 2,4	Mercure 200,6 Hg 80 1,9	Thallium 204,4 Tl 81 1,8	Plomb 207,2 Pb 82 1,8	Bismuth 209,0 Bi 83 1,9	Polonium 210 Po 84 2,0	Astate 210 At 85 2,2	Radon 222 Rn 86

4. Tables de spectroscopie infrarouge

Liaison	-O-H	—NH	=CH	—CH—	C_{ald}-H (2 bandes)
σ en cm^{-1}	3 200 à 3 650	3 100 à 3 500	3 000 à 3 100	2 800 à 3 000	2 750 à 2 900
Liaison	>C=O	>C=C<	—CH—	—C—C—	—C—O
σ en cm^{-1}	1 650 à 1 750	1 625 à 1 685	1 415 à 1 470	1 000 à 1 250	1 050 à 1 450

5. Constantes utilisées en physique

Grandeur	Symbole	Valeur	Valeur approchée
Célérité de la lumière dans le vide	c	299 792 458 $m.s^{-1}$	$3{,}00 \times 10^{8}$ $m.s^{-1}$
Charge élémentaire	q	$1{,}602\ 176\ 565 \times 10^{-19}$ C	$1{,}60 \times 10^{-19}$ C
Constante d'Avogadro	N_A	$6{,}022\ 141\ 29 \times 10^{23}$ mol^{-1}	$6{,}02 \times 10^{23}$ mol^{-1}
Constante de gravitation	G	$6{,}673\ 85 \times 10^{-11}$ $N.m^2.kg^{-2}$	$6{,}67 \times 10^{-11}$ $N.m^2.kg^{-2}$
Constante de Planck	h	$6{,}626\ 069\ 57 \times 10^{-34}$ J.s	$6{,}63 \times 10^{-34}$ J.s
Masse de l'électron	m_e	$9{,}109\ 382\ 91 \times 10^{-31}$ kg	$9{,}11 \times 10^{-31}$ kg
Masse du proton	m_p	$1{,}67\ 262 \times 10^{-27}$ kg	$1{,}67 \times 10^{-27}$ kg

6. Multiples et sous-multiples

Puissance	10^{-15}	10^{-12}	10^{-9}	10^{-6}	10^{-3}	10^{3}	10^{6}	10^{9}	10^{12}
Préfixe	femto	pico	nano	micro	milli	kilo	Méga	Giga	Téra
Symbole	f	p	n	µ	m	k	M	G	T

Édition : Claire Tréboute ; **Conception graphique :** Muriel Ouziane ;
Crédits photographiques : Page 5 : Pressbooks.com / Modification of work by Mark Ott / Rice University ; page 13 : Marisa Prolongo / Nicola Graf / Science in School ; page 20 : AdobeStock.com ; page 22 : Meda Pharma ; page 61 : Prill/Istockphoto ; page 64 : Gwenvidig/Istockphoto ; page 95 : British Museum.
Cartographie : Marie-Christine Liennard, Florent Amat, Valérie Goncalves, Christel Parolini
Mise en pages : Nord Compo.

5, allée de la 2e DB - 75015 PARIS
www.magnard.fr
www.specialbac.magnard.fr

PEFC 10-31-1895

Achevé d'imprimer en France, en novembre 2021, par l'imprimerie CHIRAT
Dépôt légal : janvier 2022 ; N° éditeur : 2022/MAGSI20210712